À demain

Elsa Wolinski

À demain

récit

Flammarion

ISBN : 978-2-0802-6575-3

À mes chats.

« Je ne peux pas continuer,
je vais continuer. »

Samuel BECKETT

Prologue

Maryse cherche son sac. Elle est en retard.

Georges dessine. Il est à son bureau.

L'appartement du boulevard Saint-Germain est pensé pour que chacun ait son intimité.

Adélaïde, l'aide ménagère qui les supporte depuis plus de vingt ans, s'affaire dans la cuisine.

Les pigeons de Georges viennent d'arriver sur le balcon. Il leur parle. Le couple roucoule à la fenêtre de Wolinski.

Georges se replonge sur sa feuille blanche.

Il est fatigué. C'est l'heure de sa sieste. Sa tête est lourde.

Il n'aurait pas dû manger autant, se dit-il.

Ses yeux se ferment et il commence à somnoler.

Et pa-ta-tras.

Tout est blanc.

Il ne voit plus rien.

Il est tombé dans son dessin.

On dirait une œuvre de Robert Ryman, il pense.

Il appelle Maryse : « Chérie ?

— Georges, je suis en retard. Où es-tu ?

— Dans le dessin. »

Il baisse d'un ton. Il présage déjà de la suite.

« Tu es quoi ?, demande Maryse. Tu peux arrêter tes singeries, j'ai rendez-vous avec mon éditeur. »

Maryse a toujours rendez-vous avec son éditeur.

Elle se rapproche de la table à dessin.

« Je ne te vois pas.

— Rapproche-toi », réclame Georges.

Re pa-ta-tras, Maryse tombe dans le dessin.

« Geoooooooooorges ! », hurle Maryse.

Ils décident d'appeler Adélaïde.

Adélaïde arrive un peu effrayée après les avoir cherchés dans tout l'appartement.

« Mais où êtes-vous ?

— Nous sommes tombés dans le dessin.

— C'est encore la faute de mon mari, fulmine Maryse.

— Adélaïde, pourriez-vous, s'il vous plaît, m'envoyer un feutre, implore Georges.

— Et appeler notre fille, Elsa », exige Maryse.

Wolinski se dessine une table, une feuille et un tabouret.

« Serait-ce trop te demander de me dessiner ma dormeuse et un téléphone ? », sollicite sa femme d'un ton glaçant.

Pendant ce temps, Adélaïde m'appelle.

« Elsa, Madame et Monsieur sont coincés dans le dessin de Monsieur. »

C'est là que j'entre en jeu.

« Heu, tout va bien, Adélaïde ?

— Madame et Monsieur sont tombés dans un dessin. Madame râle et Monsieur dessine. »

Je respire.

« Les filles, nous partons chez grand-père, il a fait une bêtise. »

Lilah et Bianca rigolent.

Moi, je me demande quoi faire.

Après trente minutes de bouchons pour traverser Paris, on sonne à la porte.

J'entends Maryse parler au loin. Sûrement à son éditeur.

Adélaïde, totalement affolée, nous emmène dans le bureau de papa.

Effectivement, c'est assez peu commun.

Georges dessine un dessin dans son dessin.

Maryse m'aperçoit.

« Chérie, ton père nous a fait tomber. Nous sommes kidnappés par la feuille. Trouve une solution !

— Coucou, grand-père », s'amusent mes filles.

Papa lève la tête et salue de la main.

Maryse sourit.

« Mes chéries, pouvez-vous m'envoyer mon poudrier et mon rouge à lèvres ? »

Les filles courent dans la salle de bains.

Au passage, Lilah va chercher le doudou de Georges qui se trouve sur le lit. C'est une poupée en tissu de Betty Boop.

« Tiens, grand-père, dit-elle avec amour. C'est pour que tu n'aies pas peur. »

Pendant ce temps, j'appelle mes sœurs.

« Nous avons un problème. »

Je suis assise sur le lit de Maryse. Les rideaux rouges qui ornent sa chambre me font penser à une scène de théâtre.

Je réfléchis.

Lilah est à côté de moi, s'amuse de cette histoire loufoque.

« Ils sont vraiment dingues, tes parents, maman.

— Je sais, ma puce. »

Je cherche Bianca.

À demain

Elle est en train de dessiner sur la feuille.

« Aïe, ouïe, j'entends.

— Bianca, tu ne peux pas écrire sur Mimi et Georges. Tu vois bien qu'ils sont dans le dessin ! »

Le temps de le dire, Bianca prend la feuille dans ses mains, en fait une petite boule qui écrabouille ses grands-parents et la jette par la fenêtre en souriant.

J'ai fait ce rêve en 2018.

Dimanche 10 juillet
20 h 45

Je m'en vais.

J'ai peur.

Pourquoi j'ai si peur ?

Qu'est-ce qui m'a pris ?

Cette décision est complètement stupide.

Partir faire un jeûne. Payer pour crever la dalle. En Allemagne, en plus. J'aurais pu choisir Ibiza, ou Marbella, ou rien du tout, et rester avec mes chats dans ma merde.

Je suis arrivée ce matin.

À l'aéroport, j'ai englouti deux pains au chocolat encore tout chauds.

J'ai failli faire une cérémonie, un adieu au sucre avec des larmes qui coulent sur la serviette pleine de beurre et puis je me suis dit qu'on allait me prendre pour une folle.

J'avais envie de crier dans cet aéroport : « Aidez-moi, je pars me trouver ! »

Et si j'étais déçue par qui je suis vraiment ?

Mais comme je ne sais pas très bien qui je suis vraiment, tout cela est un peu compliqué.

En vrai, je sais pourquoi j'ai choisi cet endroit. Parce que c'est une clinique. Ça va vous paraître dingue, mais j'avais besoin de cette ambiance pour me rappeler Maman.

Tiens, je ne l'appelle plus Maryse ?

Depuis que je suis arrivée, Maryse a disparu et Maman est revenue.

Comme la vie est étrange.

Je pars loin de tout pour me retrouver dans une chambre qui me fait penser à celle dans laquelle Maryse est décédée. Sans doute pour être près d'elle.

Enfin, moi, j'ai une vue panoramique sur le lac de Constance. Elle, elle avait un mur avec du lierre.

La cure dure trois semaines.

J'ai vingt et un jours. Vingt et un jours pour écrire ce livre, vingt et un jours pour aller mieux, vingt et un jours pour comprendre. Vingt et un jours de bouillon pour laisser le vide m'accaparer, pour me lover dans le rien, retrouver quelqu'un que j'ai perdu sur le chemin. Je pars faire une sorte de *reset* sans sauvegarde complète. Je suis accro aux médocs, accro au sucre, accro au mal-être. Heureusement que j'ai de l'humour sinon tout cela pourrait paraître triste ou pathétique.

J'ai décidé d'arrêter de faire semblant.

*

Derrière moi, derrière mes sourires, derrière mes filles, derrière tout, il y a quatorze ans d'antidépresseurs, des crises de panique à foison, des aigreurs d'estomac de plus en plus douloureuses, des Xanax en pagaille cachés dans tous mes sacs, porte-monnaie, poches de veste, des années et des années d'insomnies à manger la nuit.

Je suis seule, mais je pars trouver des réponses à ces questions qui me taraudent. Pourquoi j'ai tant voulu que Maryse meure ?

Pourquoi j'ai tant besoin de sauver le monde pour me sentir exister ?

Pourquoi je mange pour me tuer ?

*

Je suis contente.

Je n'ai pas loupé l'avion.

J'ai des tonnes de livres.

J'ai bronzé.

J'ai dormi.

J'ai mangé trois feuilles de salade avec des mini bouts de tomates et des pignons de pin, un bouillon aux champignons et bu au moins deux litres d'eau.

J'ai envie de mourir mais je suis contente.

J'ai commencé les antidépresseurs quand j'ai arrêté la drogue.

J'ai commencé le sucre quand j'ai arrêté la drogue.

J'ai commencé la cocaïne pour combler un vide.

Et ce vide, c'est Maryse.

*

Ici, je suis venue me vider.

Au lieu de me gaver.

À demain

Ici, je suis venue triturer mes blessures pour toucher du doigt le manque dont j'ai souffert, puisque c'est de ça dont je parle. De souffrances camouflées et de parts de camembert.

La « théorie des parts de camembert » vient de mon psychiatre, celui qui m'a fait arrêter la drogue.

Vous vous souvenez des camemberts du Trivial Pursuit ? Les plus forts ont toutes les parts. Leur camembert est plein.

Le mien, il lui en manque beaucoup.

Lundi 11 juillet
22 h 47

Je me sens égocentrique de prendre ce temps pour moi.

Narcissique d'écrire un livre sur moi.

Mal à l'aise de tourner autour de mon nombril.

Je suis fatiguée.

J'ai une haleine de vieux chien et mal à la tête.

Mon corps est lourd aujourd'hui.

Je marche comme un astronaute sur la Lune.

Comme si je craignais de tomber.

C'est l'arrêt de la nourriture solide.

Je suis au bouillon.

À midi, légumes. Ce soir, betteraves.

Je me suis acheté des lunettes de compétition pour nager dans la piscine.

Je n'arrive pas à ne rien faire.

Je continue à dresser un emploi du temps, comme si le fait de lâcher allait me faire tomber.

Ce matin j'ai vu le médecin qui m'a parlé de la « théorie de l'ordre ».

« Vous devez retrouver un équilibre de vie. »

J'avais envie de lui dire que c'est précisément ce que je suis venue chercher.

J'ai apprécié sa franchise lorsque je lui ai demandé si je pouvais, en vingt et un jours, déconnecter mon cerveau du sucre ?

« Non. L'envie reviendra toujours. »

*

La première fois que je suis venue dans cette clinique, c'était après l'attentat du 7 janvier.

La médecin que j'avais rencontrée à l'époque, et qui est partie à la retraite aujourd'hui, avait remarqué que je n'arrêtais pas de me gratter. Je pensais que j'avais une allergie ou un eczéma dû au stress. En fait, j'avais des poux !

Elle s'était levée, avait mis sa main dans mes cheveux et avait retiré un à un les poux en prononçant cette phrase qui m'est restée longtemps dans la gorge : « Ce que je fais, c'est un geste de maman. »

À demain

Pour ce docteur, il existait un parallèle entre ma boulimie de sucre et ma mère, ou l'absence de mère.

Je n'arrive pas à écrire.
Je ressens une immense fatigue, une lassitude.
Je me couche.

Mardi 12 juillet
19 h 44

Je vais bof.

Je me sens nulle.

Je suis nulle.

C'est le sentiment que je ressens le plus souvent.

J'admire ceux qui se sentent forts et puissants.

C'est pour cela que je n'arrive pas à écrire ce livre. Comment aligner des mots quand on n'est pas aligné soi-même ?

Ce matin, on m'a fait une prise de sang.

Ce matin, je n'ai pas encore réussi à aller marcher.

Tous les jours, il y a une randonnée à 6 heures.

C'est mon rêve de me réveiller à 5 h 30.

Toute l'année, j'essaye.

J'en suis à mon troisième jour de jeûne.

Je me sens faible.

Je me traîne.

Je n'ai pas vraiment faim.

Je me coupe de tout pour ne pas y penser. Télé, Internet, réseaux sociaux.

J'évite aussi mes collègues jeûneurs qui ne parlent que de nourriture et de leurs kilos.

Moi, je ne suis pas là pour ça.

Cet après-midi, je me suis sentie seule.

Il est 15 heures. Je suis à la piscine. J'essaye de me laisser aller, mais le fait de devoir écrire chaque jour me met en tension. Je regarde l'heure comme si je ne devais pas louper le moment. Le bon. Celui où les mots vont sortir. Mais il ne vient pas. Alors je fais tout pour ne pas m'y mettre. Je vais nager, je regarde la lune. Je regarde le lac. Je lis beaucoup. Je tourne autour de mon ordinateur comme si c'était un ennemi. Comme s'il me voulait du mal.

Soyons honnêtes. C'est difficile d'écrire après tout le monde. C'est difficile de passer derrière. Après mon père, ma mère, ma sœur, l'ex-mari de ma sœur…

Il est 15 heures et le vide est là. Pas le désir de me nourrir, non, le vrai vide, celui que je réfute, celui que je fuis. J'imagine que si je me remplis, c'est bien pour éviter le vide. Parce que dans le vide, il y a la réalité, le sombre. Mon sombre.

Et puis je sais que Maryse va arriver. Et la vérité avec elle. Parce que c'est ça que je suis venue chercher : ma vérité à moi.

Aujourd'hui, en lisant un magazine, je suis tombée sur une phrase de Marie Robert : « Nous sommes faits de la somme de toutes ces existences. »

Et si je refusais la transmission, la notion d'héritage ?

Et si je ne voulais pas ressembler à mes parents ?

Je veux dire, pas complètement.

Qu'est-ce qui m'est arrivé pour que je me sente si nulle ?

« C'est depuis... tu sais, ton mauvais passage, ton premier mari. C'est depuis tout ça que tu n'es pas bien. »

Maryse n'a jamais osé dire le mot *drogue*.

Mais non, Maman, si je me suis droguée, si j'ai épousé un mec qui m'a fait du mal en sachant qu'il allait continuer à me faire du mal, c'est qu'il y avait un truc à la base. Ou alors cela voudrait dire que tout vient de moi ? Ça m'arrangerait. Je préfère être la méchante, la mauvaise, plutôt que me dire que c'est ta faute.

J'emmerde les histoires que racontent nos corps.

J'emmerde *Les Accords toltèques* et le changement qui commence par moi.

J'emmerde le lâcher prise et *Le Pouvoir du moment présent.*

Et surtout j'emmerde les *avocado toasts.*

Je veux du gras, du sucre, des sauces, du pain, des pizzas, des frites, des frites, des frites.

Je ne suis pas seulement une présence qui écoute la rumeur du monde, je suis cette rumeur qui gronde et qui va exploser. Je n'écoute pas mon enfant intérieur parce que je suis cet enfant encore, qui n'a toujours pas évolué. Et si méditer accroît en général notre aptitude au bonheur, eh bien chez moi, c'est un cuisant échec.

Des années à essayer et me voilà.

Toujours au même point.

Je me sens moche.

Je me sens stupide.

Je traîne mon mal-être comme le doudou d'un enfant qui laisse traîner son bout de tissu plein de bave par terre. Je suis ça : un truc avec de la morve et des larmes.

J'ai tout envoyé balader. Le carnet de gratitude du soir dans lequel je comptabilisais les cinq bienfaits dans ma journée. À la poubelle. Le carnet dans lequel je comptais les jours sans mon ex. À la poubelle. J'en étais à 2 477. Le carnet qui me servait de *to do list*, impossible à suivre. Le carnet de mon chemin de vie rêvé, le carnet de mes dépenses pas du tout à jour mais quand même à côté de mon lit. Tous ces carnets… Poubelle !

En ce moment, en tout cas ce soir, je ne crois plus en rien.

J'ai l'impression d'avoir perdu espoir.

C'est pourtant ce qu'il y avait de plus vivant en moi, de plus joyeux : l'assurance, la certitude, l'espoir. Et l'amour.

Moi, la féministe engagée, la mère célibataire ménopausée, je suis une guerrière de pacotille. Je crie à l'indépendance et je scande la liberté à tout-va, mais en vrai, je donnerais tout pour être prise dans des bras. Je ne peux plus donner Maryse, elle est morte.

J'ai 48 ans, je tombe sur les mêmes connards, je refais les mêmes conneries et j'ai toujours les mêmes angoisses. Je ne suis pas du tout sur la voie de la maîtrise de soi. Je serais plutôt en chute lente et douloureuse. Je pense souvent à ces mots du Bouddha : « Rester en colère, c'est comme saisir un charbon ardent avec l'intention de le jeter sur quelqu'un : c'est vous qui vous brûlez. »

Je me consume de l'intérieur. C'est une évidence.

À demain, Elsa.

À demain, la vraie Elsa qui ne se consumera pas.

Mercredi 13 juillet
20 h 22

Je suis une ombre.

Je commence à avoir faim.

Pour l'écriture, je deviens un robot.

Je dois le faire. Je le fais.

Mais je n'ai pas encore trouvé le but de l'histoire.

Ce n'est pas donné à n'importe qui de mettre tous ces mots ensemble et de leur faire dire quelque chose.

Qu'est-ce que je cherche à la fin ?

Moi ?

Et en me trouvant moi, je pourrai vous dire comment tenir debout ?

Je l'espère.

Je me suis réveillée à 7 h 45. Je n'ai pas réussi à dormir avant 3 heures du matin.

J'avais un rendez-vous chez le médecin pour les résultats de la prise de sang.

À demain

J'ai du mauvais cholestérol et un foie qui semble fatigué, le tout dû à mon trop-plein de sucre.

J'ai avoué au médecin que j'avais oublié mes antidépresseurs à Paris, alors que j'en avale tous les jours depuis quatorze ans, et que je n'avais rien pris depuis mon arrivée.

Je suis une chimie sur pattes.

Je suis une ombre.

Jeudi 14 juillet

19 h 12

Je pense à mon monstre.

Je pense à Maryse et à ceux dont j'ai croisé le chemin et qui m'ont fait du mal.

Je n'écris pas que Maryse m'a fait du mal. Je réfléchis au fait que nous n'attirons personne par hasard. Cela veut dire que c'est moi qui génère ce que je vis et ce que je ressens.

C'est ma quête, cerner mon conflit intérieur.

Je l'attends. Je suis prête pour la bagarre.

Un jeûne, c'est un coup d'État. Il renverse un ordre fait de déséquilibres pour imposer sa puissance. Et comme toute révolution, on n'en sort pas indemne.

J'ai un peu faim ce soir. Je me demande si dans quelques jours, je n'en viendrai pas à dévorer mes crottes de nez.

*

Je vais vous parler de mon monstre.

Il est là depuis tellement longtemps que je ne parviens plus bien à savoir quand il est arrivé. Ce qui est fou c'est qu'il soit sorti de moi, depuis mon arrivée ici, et que je n'en sois pas étonnée. Il est sur mon épaule, en attente, prêt à se glisser dans mon intérieur. Mais le vide l'en empêche.

C'est ce que je n'avais pas compris jusqu'à ce soir. Lorsque nous établissons des règles, nous conjurons la peur. Et moi, mon monstre ne vient pas seulement de la nourriture, il est né de ma peur. Né de mon instabilité permanente.

Ce monstre me sert à combler un vide, mais il n'y en a plus. Enfin, plus vraiment.

C'est la carte maîtresse du jeûne : saisir l'insaisissable.

Le vide n'est plus vide. Le vide est un plein. Le monstre n'a plus sa place.

Suis-je en train de trouver le fondement de ma liberté ?

Je pense à ça ce soir.

Je suis allée marcher dans le village qui ressemble à une petite ville autrichienne. Je voulais me confronter aux odeurs, aux vitrines des boulangeries. Je sais que le plus dur sera de tenir à la sortie. Alors je me confronte à ma peur pour la rassurer et lui montrer qui est le chef.

Je dors toujours très mal la nuit mais je savoure le moment de la sieste, après le bouillon de 11 h 30. Je me couche à midi. Je ferme les rideaux sur le ciel bleu et le soleil qui tape. J'adore la sieste. Je tiens ça de mon père. Une infirmière est venue entre-temps me glisser une bouillotte dans le lit que je pose contre mon foie pour l'aider à digérer.

Je me couche.

*

Ce n'est pas le monstre qui vous écrit. C'est moi, Elsa.

Pour que ce livre serve à quelque chose et ne soit pas une encyclopédie d'égocentrisme.

J'aimerais bien que vous puissiez vous regarder dans la glace en vous disant que vous êtes splendides.

Je vais vous dire la vérité.

En vrai, ça n'a jamais marché sur moi ce que je vous demande.

Je ne me suis jamais regardée dans la glace en me disant « je t'aime » ou un truc de développement personnel dont on nous abreuve depuis plusieurs années.

D'ailleurs, c'est fou comme je m'observe depuis que je suis arrivée en Allemagne.

Je me scrute comme si je ne m'étais pas regardée, pas vue, depuis longtemps.

« Bonjour Elsa, je me dis. Tu ressembles à ça alors ? »

Solaire, c'est comme ça que l'on me décrit.

Pourtant je suis un monstre.

Mon monstre, en général, ne sort que la nuit.

Mais il arrive qu'il apparaisse le temps d'un après-midi.

Ça n'appelle jamais rien de bon.

*

Je ne me souviens pas de son arrivée.

Il n'était pas là, quand j'étais enfant. Ou peut-être que si, il était là, mais je ne le savais pas.

Mon monstre.

Celui qui est en moi.

Celui que vous ne voyez pas

Celui qui était tapi dans mon ventre.

Qui se cache et qui ne sort que la nuit.

Celui qui fait que je déraisonne. Que je n'écoute plus rien quand il est là.

J'ai eu une enfance très heureuse. Je crois.

Je me souviens de rire avec mon père.

À cette époque, Maryse s'appelait encore Maman.

À quel moment ça a merdé ? Je serais incapable de l'avouer.

À quel moment tout a basculé ?

À quel moment la nourriture est-elle devenue un refuge ?

Je n'en sais rien.

J'ai juste trois scènes qui me viennent.

*

J'ai commencé par des Granola que je trempais dans des yaourts.

J'avais un rituel.

Manger devant la télé. Devant un film.

Je m'installais dans un vieux fauteuil en cuir marron, juste à côté de la planche à dessin de mon père. Je m'en souviens, parce que j'aimais être près de lui. Il baissait sa musique, souvent du jazz ou des trucs brésiliens. J'avais un *Pif Gadget* dans une main, les gâteaux et la télécommande dans l'autre. Je regardais des vieux films. Ma passion. *L'Assassin habite au 21* d'Henri-Georges Clouzot avec Pierre Fresnay et Suzy Delair. *Hello Dolly* quand Barbra Streisand chante avec Louis Armstrong. Les films de Gene Kelly que je connaissais tous par cœur. Il y avait aussi *Some Like It Hot,* de Billy Wilder, avec Marilyn.

Tout ça pour finir aujourd'hui par mater des séries débiles avec mes filles qui refusent de regarder un seul film en noir et blanc.

J'associais le plaisir de manger au plaisir de la télé, au plaisir d'être ailleurs, au plaisir tout court.

*

Les dîners couscous au restaurant.

J'adorais ces moments-là.

On se préparait, on se faisait beau. Comme si on célébrait quelque chose, comme si on mangeait mes racines que je ne connaissais pas bien. Mes parents racontaient leurs histoires dans les livres, mais ils ne pensaient pas à nous transmettre d'où ils venaient. Ce fameux lien, ce liant qui fait qu'on continue l'histoire. Mon père disait souvent : « Si tu ne sors pas de table en ayant mal au ventre, c'est que tu n'as pas assez mangé. » Je l'écoutais à la lettre.

Moi, j'ingurgitais tout ce que je pouvais jusqu'à explosion du bouton du pantalon. C'était si bon de manger. J'aimais mes formes et mes rondeurs.

Pourtant, à 14 ans, un garçon m'a plaquée parce qu'il me trouvait grosse.

Je n'ai pas compris.

J'étais bien dans ma peau.

C'est fou.

J'étais si bien dans ma peau.

*

Il y a eu ce troisième moment.

Dans la cuisine du père de mes filles, j'avais seulement Lilah à l'époque, ma grande.

J'avais arrêté la drogue du jour au lendemain à l'annonce de ma grossesse. Pour elle. Pour nous.

J'avais 32 ans. Je venais d'accoucher. Et je sentais que rien n'était gagné.

Non, ni l'amour ni le bébé n'allaient me sauver. Je me sauverai seule des années après. C'est-à-dire maintenant.

Je trouve ça complètement fou qu'on fasse croire aux femmes que devenir mère nous rend adultes et lave tous nos péchés.

Je n'étais pas heureuse.

J'ai ressenti une envie de je ne sais quoi.

Un besoin intrinsèque de sucre dans mon ventre.

Il me fallait de la douceur vite en intraveineuse.

J'ai pris une tablette de chocolat, je l'ai fait fondre au micro-ondes avec une cuillère à café d'eau.

C'était extraordinaire.

Comme si le chocolat chaud relaxait mon plexus. Comme si une fontaine de caresse venait lover mon stress.

C'était une nouvelle drogue.

Ça va être l'heure du monstre.

Je le sens.

Pendant que j'écris, il effleure ma main.

Je sens son poids sur mes épaules.

Il est fâché. Il ne peut plus me violer.

Parce que c'est un genre de viol ce qu'il fait.
S'immiscer comme ça par tous mes trous. Pour me faire tomber.
Ce monstre, c'est moi.
Je mange la nuit, en cachette.

*

À la clinique, je suis protégée.
Le monstre se couche dans mon lit. Il me colle. Il n'est pas loin mais plus en moi.
Je le pousse contre l'ordinateur et les livres. Il ne peut plus me forcer à manger.

À la maison, c'est une tout autre histoire.
Je peux vider un nombre insensé de paquets de gâteaux en un minimum de temps. Pour ne pas me laisser réfléchir.
J'ai un couloir qui mène à la cuisine.
Ce couloir, je pleure parfois pour ne pas l'emprunter.
Mais quand ça m'appelle, je ne peux plus rien faire.
Rien.
Ne me laissez pas y aller.

S'il vous plaît.
C'est dans le ventre.
Si je ne mange pas quand je suis en crise, je tourne en rond jusqu'à ce que je mange.
Je ne pense qu'à ça.
Je deviens méchante.
Agressive.
Un dragon.

J'ai vu des nutritionnistes, des psychologues, des psychiatres. J'ai fait de l'EMDR, de l'hypnose, de la sophrologie, j'ai rencontré un nombre d'énergéticiens plus ou moins charlatans, mais rien ne marche.
Je me bâfre. J'engloutis.
Peut-être qu'un jour je vais me manger.
Et il n'y aura plus d'Elsa.

*

Je dois vous quitter, c'est l'heure du bouillon au navet. Ce n'est pas que j'en aie une folle envie. Mais je n'ai rien d'autre sous la main.
Ne me quittez pas.
Je reviens.

Vendredi 15 juillet
19 h 36

Vous êtes toujours là ?

Je n'ai pas arrêté aujourd'hui. C'est fou de courir partout alors que je n'ai rien à faire.

Je me suis réveillée tard. À 8 h 30. C'est tard pour ici.

L'infirmière m'a apporté ma tisane du matin. J'étais encore au lit.

Je suis triste.

Il est 9 heures et j'ai de la peine.

Je voudrais être avant.

Non, je dis n'importe quoi. Je ne veux pas du tout être avant. Je suis bien maintenant. Juste là où je dois être.

Le temps de me réveiller, de ranger, de préparer mes petites affaires, c'est-à-dire un grand cabas gris offert par la clinique dans lequel je trimballe mon équipement de survie : une gourde, deux livres, des journaux, ma trousse avec les crèmes solaires, un feutre, un chouchou et une serviette. Jusqu'à ce matin, j'emportais Aussi des baskets, un short et un T-shirt si j'avais des velléités d'aller à la salle de sport, mais je laisse tomber. Je n'y arrive pas. Et ça pèse une tonne dans mon sac.

Je vais au yoga. Le cours dure une heure.

Une dame a fait un prout pendant le cours. J'ai eu peur que le professeur pense que c'était moi parce que le *prout* a résonné dans mon coin.

*

Je voulais vous parler des hommes. C'est un sujet compliqué.

Le dernier n'a pas vraiment compté.

Je l'ai rencontré au Maroc où j'étais partie faire du surf. Mon niveau est plus que faible. En une semaine, j'ai réussi à tenir moins de deux secondes sur la planche, tout en frôlant la noyade plusieurs fois.

L'important pour une personne qui s'est sentie ronde toute sa vie, c'est le pouvoir de tenir sur la planche, de se sentir légère, légère comme une brindille, comme une Maryse.

Alors qu'une Elsa est lourde. Comme un hippopotame à un cours de pole dance. Mon père se moquait de ma démarche : « On dirait un camionneur. » Effectivement, mon côté masculin est assez prononcé dans ma manière d'arpenter le monde.

Je crois que je ne sais pas jouir.

J'ai tellement fait semblant.

Sans doute parce que j'ai vu à 14 ans mes premiers films pornos. J'avais trouvé la cachette où mon père les planquait. Intriguée, je me disais : c'est comme ça qu'une femme doit être, c'est ça qu'une femme doit faire. Sincèrement, je pense que ces vidéos ont conditionné mes fantasmes, mes décisions, mes choix et qu'à cause de tout ça, je me suis tapé un paquet d'abrutis.

Avec un homme, je ne suis pas moi.

Je suis une Elsa soumise.

J'ai mis des années à comprendre que je reproduisais bêtement l'image que j'avais du couple de mes parents.

Ma mère écrivait. Ma mère était belle. Ma mère était une princesse. Comme dans les contes de fées, elle ne reniflait pas, trop vulgaire, mais se mouchait discrètement. Elle ne haussait jamais la voix, trop vulgaire, et mangeait par becquées, comme un oiseau.

Dans ma tête d'enfant, je me disais souvent, moi quand je fais caca, ça ne sent pas bon. Maman, quand elle va aux toilettes, ça ne doit rien sentir, comme les poupées.

Quand ton père a été si amoureux de ta mère. Tu voudrais tout pareil. C'est rare d'être aimée comme elle.

Je me souviens avoir compris très vite que dans la vraie vie, ce n'était pas toujours comme ça. Mes parents étaient incohérents, contradictoires sur des tonnes de sujets, mais ils s'aimaient. Ils s'aimaient comme des fous.

Leur couple, leurs jeux amoureux, m'ont donné une image étrange des attentes d'un homme et d'une femme.

Ce dont je suis certaine, c'est que j'adore les garçons.

J'adore le sexe des garçons. La bite.

J'aime aussi les femmes. Passionnément même. Mais je n'aime pas trop le sexe des femmes, mais peut-être parce que j'ai passé ma vie avec des cons qui n'ont jamais su regarder le mien avec amour.

Je dois avouer qu'en matière de goûts masculins, je ne suis pas la meilleure.

J'ai longtemps cru que la virilité était une qualité propre à l'homme, et à un genre d'homme très précis que je me suis entêtée pendant des années à aimer.

Par exemple, je ne trouvais pas mon père viril.

Un peu lâche. Toujours à exécuter les ordres de Maryse.

Il y a quelques jours, une femme m'a laissé un message : « Comment pouvez-vous être si fragile avec les merveilleux parents que vous avez eus ? »

Je n'ai pas su quoi répondre.

Je me le demande.

J'ai envie de manger du chocolat.

Tu n'as pas besoin de chocolat.

Non, tu peux rester le ventre léger.

Non, je dois combler le vide.

Laisse le vide tranquille, il ne va rien t'arriver.

Si je ne remplis pas le vide, je vais souffrir.

Tu souffres déjà.

Je dois me lever et aller dans la cuisine.

Tu ne peux pas. Tu es en Allemagne.

Il n'y a pas de chocolat.

À demain

Il ne va rien t'arriver, Elsa.
Il ne va rien t'arriver, Elsa
N'aie pas peur.

Samedi 16 juillet
16 h 42

J'ai envie de faire l'amour.
Je viens de faire une heure de sport.

Moi qui rêvais de la vie à deux avec plein d'enfants, me voilà célibataire avec trois chats, deux filles, des plantes et un lit vide dans une clinique.

Tout à l'heure, dans la piscine, je me suis prise dans les bras.

J'ai mon string qui me rentre dans les fesses. J'ai froid.

Le célibat commence à me peser.

À un moment je me suis demandé si je n'allais pas aimer des femmes. Ça pouvait m'ouvrir un champ des possibles plus large.

J'ai envie de sucre. Je sais, je sais, ça ne sert à rien. Je suis chambre 202 et à part de l'eau, de la tisane, des feutres, mon ordi et des livres, il n'y a rien.

Si, mon doudou et une tonne de maillots de bain.

Je sais d'où vient mon goût pour les hommes en claquettes-chaussettes.

Pas de mon père, il était très élégant.

Mon truc à moi, c'était plutôt les prolos. Des gros bras avec le cœur tendre et la larme facile. Je suis un cliché.

Et ces hommes, c'est à la fête de *L'Huma*, où il m'emmenait, que je les voyais. Ils sentaient bon la transpiration et un peu le sandwich merguez. J'étais adolescente et je ne rêvais pas d'un patron mais d'un ouvrier.

Pour être honnête, aujourd'hui, si je pouvais me trouver un patron, ça m'arrangerait.

J'ai beau essayer de me déconstruire, et voilà, *tac*, comme si j'avais besoin d'un patron pour être heureuse. C'est encore ma mauvaise éducation qui remonte. Comme si j'avais besoin d'un homme pour m'aider à vivre.

Oui, j'ai grandi dans une famille de gauche, je vivais rue Bonaparte à Paris. Mon père n'était plus communiste mais il était devenu socialiste, et ma mère, qui avait été la première à écrire un article sur le Planning familial dans le *Journal du dimanche*, m'inspirait tout sauf l'image d'une femme autonome et indépendante.

« Tu ne vas pas le quitter ? Comment tu vas faire pour vivre ? »

C'est Maryse qui m'a dit ça un jour, quand je lui ai dit que je voulais me séparer du papa de mes filles.

« Tu ne peux pas faire ça, comment tu vas faire pour payer ton loyer ? Tu ne trouveras jamais un autre poste. »

C'est Maryse qui m'a écrit ces mots, à la suite d'un mail dans lequel je lui annonçais que je quittais non seulement le père de mes filles, mais aussi le journal dans lequel je n'étais pas heureuse.

Dimanche 17 juillet
18 h 46

J'ai beaucoup bifurqué avant de raconter ma dernière aventure.

Celui rencontré au Maroc.

Il ne me plaisait pas vraiment.

Je trouvais son copain beaucoup plus joli.

J'ai tendance à aller avec le premier qui tire de peur que personne ne veuille de moi.

Celui rencontré au Maroc n'est pas resté longtemps mais il a été important dans mon rapport au corps. Il n'arrêtait pas de me dire que j'étais extraordinaire, magnifique, drôle, incroyable...

Celui rencontré au Maroc n'était pas du tout mon genre. Il avait des mocassins à pompons. Et moi j'étais en rose fluo et en pyjama, j'aurais dû me dire qu'il y avait un loup.

J'ai senti le vent tourner quand il a commencé à me parler de mon alimentation : « Tu sais, Elsa, moi d'habitude je me fais des avions de chasse… Mais là je ne sais pas ce qui m'arrive, avec toi tout est différent. »

Aurais-je dû lui dire stop ? Je le lui ai dit mais il ne m'écoutait pas.

Je n'ai pas su me faire entendre ou je n'ai pas voulu me faire entendre.

C'est le résumé de ma vie avec les hommes.

Qu'on ne m'entende pas.

*

« Promets-moi de mincir. »

Le dernier dîner avec celui rencontré au Maroc fut pour moi le début d'une longue errance boulimique. Comme j'avais rarement vécu.

Le lendemain du dîner, je montais sur la scène d'un festival. Je devais parler de mon rapport au corps et du monstre en moi. J'ai préféré parler de lui : « À toi qui m'as offert comme cadeau le *Guide Yuka de l'alimentation saine*. À toi qui m'as demandé de mincir pour éviter que tu sois attiré par d'autres. À toi qui m'as fait croire l'espace d'un soir que mon âge était passé de mode et que la vingtaine était l'âge d'or. »

C'est à lui que j'ai pensé en montant sur la scène. Ce qu'il y a de plus compliqué avec les prédateurs, c'est qu'ils ne se ressemblent pas et qu'ils ne savent pas qu'ils sont des prédateurs. Je suis passée des claquettes-chaussettes aux mocassins en pensant monter un *step*.

Au lieu de surfer sur la vague, j'ai bu la tasse.

On dit souvent que c'est comme les moniteurs de ski, on ne doit pas les revoir sans la combi.

Comment peut-on dire à quelqu'un : « Promets-moi de mincir » ? Comment peut-on affirmer dans la même phrase : « Tu es géniale mais je suis habitué aux avions de chasse » ? Dans ma vie, je m'en suis tapé des méchants, des menteurs, des lâches, des immatures, mais cette dernière aventure est un combo de tout.

J'ai alors pensé aux autres. À celles qui perdront du temps et des petits bouts de cœur à ses côtés. Je parle de lui mais ils sont nombreux dans la case « narcissique ». Au nom de mes rondeurs et des pressions permanentes que nous recevons, je vous annonce que vous êtes en voie de péremption. La révolution, elle se passe dans nos bras, alors accrochez-vous, ça va tanguer.

Je fais la maligne, mais à vous, je vais vous dire la vérité.

Quand je suis rentrée chez moi, j'ai commandé une pizza. Non, deux. Une jambon-tomates-mozzarella-ananas et une au Nutella. Encore chaude, j'ai engouffré celle au chocolat avant même la salée. J'avais besoin de me cajoler.

J'étais sous terre.

Et mon seul moyen pour encaisser, c'était de manger.

De devenir cette fille grosse dont il s'était moqué.

*

J'ai faim. Je me demande quel goût ça peut avoir un rideau.

J'en suis à mon huitième jour de jeûne.

Je ne vais pas très bien.

Peut-être est-ce l'effet d'écrire sur les hommes ?

Ça me renvoie une image de moi que je n'aime pas.

C'est l'heure du bouillon.
Ce soir c'est un gaspacho.
Je dîne dans ma chambre.
Si je demande le bouillon dans une théière, je peux me faire deux bols, alors que dans la salle du restaurant on nous sert une assiette et puis c'est tout. Maligne, je suis.

J'écris au lit.
Je mange au lit.
Je dessine au lit.
Je parle avec mes filles au lit.
Je fais tout sauf l'amour.
Et même quand je fais l'amour, ce n'est pas l'amour.
No Sex Last Night. C'est le titre du premier long-métrage de l'artiste Sophie Calle. J'avais 20 ans quand ce docu-fiction est sorti. Moi aussi, je voulais être une artiste. Mais à l'époque, j'étais avec un jeune homme qui l'était et jamais je n'aurais osé m'affirmer.
Entre journal intime et joute filmique, Sophie Calle se met en scène avec Greg Shephard, l'homme qu'elle aime. Ils se filment

et se racontent lors d'un *road-movie* aux États-Unis. Chacun livrant à la caméra ses confessions.

C'est triste et poétique.

Souvent, je me suis dit que cette œuvre m'avait porté une sorte de malédiction. Celle de traîner des pieds vers un homme qui n'est pas le bon, jamais le bon. Mais de m'y attacher parce que je suis prête à tout pour une miette de tendresse.

Une miette de tendresse.

*

Il paraît que c'est à cause de mon trou dans le ventre.

Celui dans lequel je mets le sucre, celui dans lequel je mettais la drogue.

Je n'ai jamais compris cette histoire d'enfant intérieur.

Je voudrais juste qu'il me console.

Je m'imagine entrer dans mon tube digestif, glisser comme dans un toboggan jusqu'à mon estomac.

C'est là que je suis petite.

J'ai un bureau en bois peint en blanc. Je porte une robe à smocks et je dessine.

Il y a du papier vert avec des fleurs roses sur le mur.

C'est comme ça dans mon ventre.

Je suis dans une bulle.

À mes pieds de petite fille, il y a un placard encastré dans le mur, on peut ne pas le voir. C'est dans ce placard que je mets tout ce que je mange. Et quand il y a trop de sucre et de soucis, elle ne peut plus fermer la porte, elle est engloutie. Elle vomit.

*

Je suis sans attache, sans ancrage, à la recherche d'un équilibre.

*

Ce soir, j'ai parlé avec ma sœur Natacha. Je lui ai raconté le livre.

Et je lui ai posé la question : « Qu'est-ce qui a merdé chez moi ?

— Je ne sais pas, mon Elsa, elle m'a répondu.

— C'est à toi de trouver.

— Mais Natacha, on a eu les mêmes parents, j'ai insisté. Pourquoi j'ai un rapport bizarre avec les hommes ?

— Ma petite sœur, notre père était le plus gros macho de la Terre ! »

J'ai éclaté de rire.

« Sous ses airs adorables, il était terriblement machiste. Il a quand même épousé une fille de quinze ans plus jeune que lui qu'il a façonnée à sa guise. Mine de rien, il faisait marcher son petit royaume de femmes à la baguette. »

D'un coup, Papa tombe de son piédestal. Georges a un nouveau visage.

« Nous avons eu le même père, mais ça ne m'a pas fait rencontrer des hommes violents et agressifs comme toi. »

Soumise j'ai été.

À deux reprises.

Lundi 18 juillet
06 h 48

Surprise de la journée. J'ai mes règles.

Chaque fois que je me crois ménopausée, j'ai un petit sursis.

Je m'étais programmé toute une matinée de yoga, stretching et natation, je suis une loque. Je me traîne du lit à la chaise longue dans laquelle je suis en train d'écrire. Je crois pourtant que j'ai mieux dormi cette nuit. Le soleil me pèse. Le jeûne me fatigue.

C'est un jour à m'évanouir.

*

Soumise j'ai été.

À deux reprises.

Une soumission totale comme un petit chien sans défense.

Il y a pourtant une chose dont je suis certaine.

On aime son bourreau.

Malheureusement.

Il devient un port d'attache, un repère, un maître.

On s'habitue à être mal aimée, mal considérée.

J'ai tellement accepté l'humiliation que je n'avais plus de vision claire. Comme si elle faisait partie intégrante de ma personnalité.

Le problème, c'est moi.

C'est ce que je croyais.

La personne sous emprise n'est plus maîtresse de ses pensées, elle est envahie par l'autre et n'a plus d'espace mental à elle.

J'ai mis des années avant de suivre une psychothérapie. Et je l'ai seulement fait parce que mon amie Natalia Wood m'y a forcée.

« Si tu ne vas pas voir un psy, je ne te parle plus. »

Aucun changement ne peut se faire spontanément de l'intérieur, il faut une aide extérieure pour mettre fin à l'emprise. Nous permettre de nous dégager de cette relation aliénante afin de retrouver son existence propre. Et surtout, pour ne pas reproduire. Si je m'étais prise en main plus tôt, je n'aurais pas continué dans ma roue de hamster. C'est comme ça que je me sens, un hamster dans une cage, à reproduire sans cesse les mêmes erreurs. Tant qu'on ne se soigne pas, on reproduit.

Il m'aura fallu une vie pour me rendre compte que ce que j'avais vécu n'était pas normal et que j'avais une manière de me comporter qui n'était pas saine.

Comme un animal blessé.

J'ai peur d'être mal aimée.

Je ne sais pas dire non.

Mais je sais mentir.

« Ne fais pas ta victime. »

Combien de fois j'ai entendu cette phrase.

J'ai mis plusieurs années à me défaire de l'idée que ce qui m'était arrivé était ma faute. J'avais tellement entendu : « Je m'énerve mais tu fais tout pour m'énerver. Je te parle mal mais c'est toi qui me provoques. »

Quand il s'agit de violence psychologique, il n'y a pas de preuve, pas de trace, le travail de reconstruction est long, comme si une brèche restait ouverte.

J'ai ressassé sans fin mes rancunes et je me suis figée dans une position d'éternelle victime.

Les hommes qui ont jalonné mon parcours amoureux se ressemblent. Ceux qui ont compté étaient tous des artistes. Je ne parle pas du père de mes enfants qui est hors jeu. Hors tout.

Je voudrais vous donner des exemples.

Mais je n'ose pas.

C'était il y a longtemps. C'est du passé.

Je me suis assise sur tellement d'injures.

Récemment, j'ai reçu un message atroce sur mon répondeur et ça ne m'a rien fait. Le psy a voulu l'écouter et il a mis en lumière le fait que ce que je pensais être de l'amour ne l'était pas du tout.

Lorsqu'on prend conscience de la réalité de la maltraitance et qu'on commence à poser ses limites, le psy peut enfin aborder les failles qui nous rendent vulnérables.

C'est dans ces fameuses failles que les hommes s'engouffrent.

Le pire dans l'emprise, c'est la dépendance.

L'état de manque.

*

Je n'ai jamais vu mon père lever la main sur ma mère. Ni même hausser la voix.

Au contraire, c'était un chewing-gum.

Mais ma sœur Natacha a raison, son machisme était plus insidieux.

Il m'a fallu des années pour me déconstruire de son regard.

L'attentat m'a aidée.

*

J'ai appris à lire sur *Paulette*.

Ma mère aurait sans doute préféré Verlaine ou Flaubert.

Mais c'est pour *Paulette* que je me passionnais.

Paulette est une bande dessinée écrite par Wolinski, dessinée par Georges Pichard et publiée dans les années 1970. Paulette est blonde, jeune et jolie. Avec des formes plantureuses. C'est une riche héritière qui s'ennuie et qui va se faire kidnapper par des bandits qui vont la laisser dans la forêt sous l'œil attentif de Joseph, un vieillard râleur. Mais Paulette va rencontrer une taupe magique qui va transformer Joseph en une femme ultra désirable.

Je voulais être Paulette.

Elle aimait les ouvriers. Elle ne portait pas de culotte. Elle voulait vivre à Ras-le-Bol-Ville, un État où l'argent était distribué dans la rue.

C'est évident qu'entre Paulette et Traci Lord, mon imaginaire a été marqué par le patriarcat. Comme un énorme tampon sur mon front.

Je suis le mouton noir caché des féministes, le bébé né d'une histoire d'amour entre un phallocrate et une intello muse.

Traci Lord, je l'ai découverte en piquant les films pornos de mon père. J'aurais mieux fait de me plonger dans Baudelaire. Parce que sans le savoir, cette Traci allait totalement pervertir ma vie sexuelle et m'empêcher de goûter aux vertiges de l'amour naïf.

J'allais devenir Paulette ou Traci.

Une fille délurée, désirée, un objet.

21 h 29

Je sais ce que c'est d'être vraiment rien.

De disparaître.

De devenir transparente.

Un fantôme.

Le soir où j'ai quitté l'un de mes maris, il y avait une fête chez nous.

Je revenais d'un dîner. J'avais cherché à joindre cet homme que j'avais épousé en disant à ma mère : « Même si tu n'es pas d'accord, je me marierai » Personne au bout du fil. Arrivée dans l'appartement dans lequel je vivais avec lui, il y avait des tonnes de gens. C'était les mêmes qui avaient assisté à ma noce, les mêmes qui sûrement avaient volé mes cadeaux de mariage. J'aurais dû y voir un signe, je ne voyais que lui.

Je me suis mariée à la mairie dans une robe blanche et décolletée dans le dos, aussi courte que mes cheveux, que j'avais trouvée seule quelques jours plus tôt. Comme chaussures, j'avais des mules de pute achetées à Pigalle.

Je me suis mariée un 14 décembre, le jour de mon anniversaire. J'aimais ce symbole, de passer de la main de mon père à la main d'un mari.

N'importe quoi.

À la première claque, je l'ai trouvé viril.
À la deuxième, j'ai pleuré.
À la troisième, j'étais perdue.
Mais je suis restée.

C'est ma sœur Natacha qui m'a sauvée.

Elle a dit à mes parents : « Je crois qu'Elsa ne va pas très bien. »

De ces années, je garde la blessure du mensonge.

Quand il me disait : « J'arrive. »

Et il rentrait deux jours plus tard sans avoir donné de nouvelles.

Des années après, une autre histoire, un nouvel homme, la même rengaine.

« Je rentre. »

Et je passais la nuit à attendre.

Le hamster dans sa roue.

Mes rapports avec les hommes ont été ponctués de cris, de larmes, de déceptions et de quelques bribes d'attentions.

*

Je voudrais aller au cimetière pour déterrer mon père.

En même temps, il n'est que poussière.

Il pourrait me servir de litière.

Je pourrais aussi semer des graines de Wolinski.

Il y aurait plein de papas pour tous ceux qui n'en ont pas.

Je voudrais aller au cimetière pour lui raconter ma vie.

Je voudrais aller au cimetière pour lui crier dessus.

Je voudrais aller au cimetière mais je n'y vais jamais.

Papa, est-ce que je me suis tapé des salauds parce que tu étais un macho ?

*

Je voudrais me plonger dans la douceur et y nager pendant des heures.

Mais je ne peux pas, ce n'est pas encore l'heure.

*

Je n'ai pas abordé Traci Lord comme il le fallait. Traci Lord a été l'une des plus grandes stars du cinéma porno américain des années 1980. Elle est restée célèbre pour le scandale qu'elle provoqua en 1986 lorsque le FBI découvrit qu'elle avait tourné la quasi-totalité de ses films alors qu'elle était encore mineure.

Traci Lord faisait partie de ma vie d'adolescente.

Et moi, je voulais être Traci Lord.

Pas Simone Veil.

Pas Marguerite Duras.

Juste Traci Wolinski.

Elle avait les seins lourds et naturels.

Elle jouissait en souriant.

Elle avait le pouvoir.

Voilà l'image que j'avais de l'amour et du désir.

À 14 ans.

*

Quand j'ai découvert le *male gaze*, les images imposées au public présentant une perspective masculine, j'ai compris que je regardais la vie avec les yeux de mon père.

J'ai compris à quel point je m'étais plantée. J'ai compris que le siège en rotin dans lequel je posais, enfant, était la copie conforme de celui de l'affiche du film érotique *Emmanuelle*.

Et tout s'est écroulé.
La déconstruction a pointé son nez.
Mais on n'oublie pas des années de patriarcat comme ça.
Pour moi, une femme devait plaire. Les hommes regardaient les femmes, les femmes se regardaient, regardées.
Et moi, à 14 ans, je connaissais mieux la séduction que mes tables de multiplication.

*

Alors, Papa, quand j'ai dormi dans ton lit, quand tu étais déjà froid à la morgue, la première chose à laquelle j'ai pensé, c'est d'aller voir dans ton vieux magnétoscope si tu n'avais pas laissé des secrets.
Je l'ai trouvé.
Je ne l'ai pas regardé.
Je l'ai jeté.

À un moment où tout tangue, où j'aurais pu m'écrouler et trouver le ciel injuste, je suis passée un cran au-dessus. J'ai souhaité aux méchants tout le bonheur du monde. Ça m'a évité de perdre du temps à ruminer.

Passer un cran au-dessus, c'est réussir à voir la beauté même quand c'est dégueulasse, c'est mettre en pratique ce fameux moment présent qui vient de te passer sous le nez.

C'est se foutre la paix tout en t'aimant comme jamais.

C'est ce qui m'est arrivé le 7 janvier.

Mardi 19 juillet
19 h 19 (dingue)

Je n'ai pas envie d'écrire.

Toute routine a son débordement.

Ou alors est-ce le thème que je n'ai pas envie d'aborder ?

Je fais ma mauvaise tête.

Qu'est-ce que je pourrais dire de plus sur le 7 janvier ?

Mon père est mort.

Ou est-ce Wolinski ?

Ou est-ce les deux ?

On aurait pu croire que ma vie allait voler en éclats.

Dans un sens, tout s'est fendu. Mais hormis le cancer de Maryse, c'est dans ce drame que je suis vraiment née.

Je suis née deux fois.

Le 14 décembre 1973 et le 7 janvier 2015.

*

Ce qui est fou dans une cure, c'est ce que se racontent les gens.

Je suis à la piscine et un homme arrive en parlant fort à sa femme qui nage : « Je vais dans ma chambre prendre les sels de Gaubert et passer quelques moments difficiles. » À ce moment-là, intervient une autre femme en maillot de bain bleu pétrole : « Je vous préviens, j'ai gonflé, mais je ne suis pas allée aux toilettes. » Et là suit un échange sur leurs sels respectifs. J'ai envie de participer et de leur dire : « Moi, j'ai des hémorroïdes depuis ce matin et j'ai tellement mal au dos que je n'ai pas été foutue de me rentrer le suppositoire du premier coup. Mais au bout de longues torsions, j'y suis enfin arrivée. » Je me suis retenue.

J'aurais pu aussi leur avouer que depuis dix jours, je regarde le vibromasseur rose fluo offert par mon associée. Je l'ai caché dans ma trousse de toilette, sous les brosses à cheveux. Je me demande comment ça marche. J'ai essayé de l'allumer, des petites billes se sont mises à gesticuler le long du membre en plastique, ça m'a traumatisée. Je suis vierge du vibro.

À demain

C'est pendant le confinement que j'ai réalisé à quel point j'avais été mal configurée. Je pensais que le corps et l'érotisme féminins devaient correspondre au désir masculin auquel ils demeuraient subordonnés.

En suivant des filles plus jeunes que moi sur les réseaux, j'ai découvert naïvement qu'on n'avait pas besoin de s'épiler pour plaire. Ni d'être mince ni *glowy*. Juste intelligente. Ou conne. Mais soi, en tout cas.

Si tu ne sais pas où est ton « soi », comme moi, c'est là que ça se complique.

J'ai envie de citer les derniers mots du livre de Mona Chollet, *Beauté fatale* [1] : « Non, décidément, il n'y a pas de mal à vouloir être belle. Mais il serait peut-être temps de reconnaître qu'il n'y a aucun mal à vouloir l'être. »

*

Depuis hier, j'ai droit à de l'avoine dans de l'eau chaude.

1. La Découverte, 2012.

C'est dégoûtant. Ça a la consistance d'un rototo de bébé.

J'ai un manque de sodium. Le jeûne me joue des tours.

La nuit je repense à mes crises. Et ça me fait de la peine.

*

Pas un mot.

Je suis enfermée en moi. Dans le moi du subconscient. Celui dans lequel se baladent les habitudes, les cauchemars, les dépendances.

Le moi du moins.

Je me déteste. Je veux changer. Je n'y arrive pas.

Il est 2 heures du matin, j'ai envie de sucre.

Est-ce que j'ai envie ou est-ce que j'ai l'habitude d'en avoir envie ?

Je me lève.

Je reconnais ce moment. Je le connais bien.

Je me lève.

Il ne faut pas aller dans la cuisine.

Je me lève.

Non, je ne veux pas y aller.

Je demande de l'aide.
Mais personne ne m'entend.
Je me lève.
J'ouvre le frigo.
Je veux repartir. Je dois me coucher.
Je suis debout. Je cherche un truc.
Un truc pour ne plus entendre le vide.
Ça fait du bruit le vide. Un son douloureux.
Va te coucher. Je suis debout.
Va te coucher. Je cherche toujours.
Va te coucher. Je pleure toute seule dans ma cuisine.
Va te coucher. J'ai trouvé le pot de Nutella.
Va te coucher. C'est trop tard. Je suis dedans.
Je plonge une cuillère, petite mais énorme, de Nutella qui dégouline dans ma bouche.
Je me rassieds dans le salon. Je regarde une série.
Tout a une place.
Tout a repris sa place.
Le sucre dans ma gorge. La série pour oublier que je mange.
Le sucre pour oublier le vide, le vide qui m'appelle.
Une cuillerée, deux cuillerées, trois cuillerées.
Maintenant, je ne peux plus aller trop loin. Ce n'est plus comme avant où je pouvais vider la cuisine et mélanger du salé, du sucré, jusqu'à vomir.

Quatrième cuillerée, je m'étouffe. Mon diaphragme se met en branle. Il se bloque et j'ai mal.

Je suffoque. Je vais mourir.

Je dois trouver une méthode.

Je vais me coucher.

La crise est passée. Je suis lourde. J'ai besoin d'un livre pour apaiser le mal. Je prends mon polar. Il est mauvais. Je déteste les mauvais polars. Les mots m'apaisent quand même.

Je me jure que c'est fini.

*

Je suis au onzième jour et ce que j'attendais n'est pas encore arrivé.

Je me faisais peut-être des idées.

J'attendais la transhumance. Non, la transcendance. Rire.

Une étincelle, un signe de changement brutal de ma personnalité.

Je refuse d'avoir vécu tout ça pour baisser les bras.

Je n'y arrive pas. Je n'arrive pas à vous raconter l'attentat.

À demain

*

« Je ne peux pas continuer, je vais continuer. »
Samuel BECKETT

*

Attendez une seconde. Je me prépare.

Je bois un peu de tisane. Elle est rouge mais elle n'a pas de saveur. Très décevant.

Allez, je me lance.

*

Je ne me souviens pas quand tout a commencé.

Je sais juste que le jour de la mort de mon père, j'ai compris que j'allais vivre un enfer.

Mais dans cet enfer, j'allais tout péter.

*

À demain

C'est avec la lettre de *ELLE* que tout a changé.

« Papa, t'es là ? Tu m'entends ?

Si t'es là, fais-moi signe... Envoie-moi un dessin.

Bon, ben, tu ne m'entends pas, je m'en doutais un peu.

Depuis que t'es mort, je me dis que tu dois enfin savoir si Dieu existe.

Tout le monde t'imagine dans le ciel, avec des filles à poil, en train de te marrer. Mais moi, je sais ce que tu fais. T'as dû demander un stylo pour te dessiner une table, des feuilles et une lampe. Et puis, maintenant, tu te dessines un double de Maman pour qu'elle soit avec toi, même là-haut. Ah, et puis tu t'es fait un lit pour ta sieste. C'est sacré, la sieste, chez Wolinski.

Tu sais, je dors dans ton lit. J'ai d'ailleurs dû asperger ta chambre de mon parfum, ça sentait trop toi. C'est bizarre de me coucher à ta place. Mais je suis bien avec toi, là, dans tes draps. Maman t'avait offert un pantalon, t'as pas eu le temps de le mettre.

Au fait, Papa, j'en profite, est-ce que je peux te piquer tes pulls en cachemire ?

À demain

Papa, le journal *ELLE* m'a demandé de t'écrire une lettre, mais j'ai pas le temps.

Le téléphone n'arrête pas de sonner, et je dois m'occuper de Maman. Tu sais, elle s'en sort bien. Elle est très belle, comme à son habitude. Mes sœurs sont là aussi. On se serre les coudes. Et puis, on a des rendez-vous bizarres au 36, quai des Orfèvres pour récupérer tes affaires. J'avais l'impression d'être dans nos fameux polars qu'on aimait tant tous les deux. Et puis, aux pompes funèbres, pour te choisir une urne et un bout de terrain. On n'y pense pas, mais c'est plus difficile de choisir une urne qu'une paire de chaussures Prada. J'aimerais bien garder l'urne avec moi, je te baladerais dans mon sac, je te mettrais à côté de mon lit.

Papa, je me pose la question. Est-ce que t'as souffert ? Parce que c'est ça qui m'angoisse, tu sais. J'ai peur que t'aies eu peur, j'ai peur que t'aies eu mal. Mais ils ne t'ont touché qu'à la poitrine, alors, les bobos, on les voit pas.

T'es beau, tu sais, avec ce drap blanc qui t'enveloppe. T'as même l'air heureux. J'ose pas trop m'approcher, tu m'en veux pas ?

Je voudrais être capable de t'embrasser pour la dernière fois, mais j'y arrive pas. J'ai demandé à la dame de l'Institut médico-légal si on pouvait t'empailler mais elle m'a dit que c'était pas possible.

Papa, on dirait que tu dors.

Mais tu dors pas, t'es mort.

Pour dehors, Wolinski est vivant.

Mais, pour moi, t'es plus là.

Elsa a perdu son papa. »

*

« On peut tuer des hommes mais on ne peut pas tuer des idées. »

Voilà à quoi j'ai pensé le soir du 7 janvier, lovée dans le pull en cachemire de mon père, un peu dégoûtée par son odeur qui imbibait la pièce.

Je me souviens du silence glacial de l'appartement.

De Maman sur sa dormeuse en veuve éplorée.

Il y avait des gens autour mais je ne me souviens plus qui.

Mercredi 20 juillet
18 h 14

Il se passe quelque chose.

Je n'arrive pas à identifier quoi.

Je suis différente.

Je me sens comme délivrée de cette urgence frénétique dans laquelle je vivais jusqu'alors.

J'ai pu remarquer ce matin, alors que je travaillais sur la prochaine collection de Sisterhood, ma marque solidaire et engagée, que les idées fusaient.

Là où avant j'aurais douté, hésité, un peu pleurniché, tout m'est apparu clairement.

Une vision s'imposait à moi, le jeûne ne serait-il pas en train de m'éclairer le chemin ?

Serais-je en train de panser les blessures de mon âme ?

Il pleut.

Ne quittez pas, je dois rentrer.

Je suis sur la terrasse avec mon ordinateur.

Je reviens.

Mon livre *Beauté fatale* de Mona Chollet s'est noyé.

Je vais chercher le sèche-cheveux.

J'ai sauvé Mona des eaux.

Je suis là.

J'ai compris qu'il était essentiel de bien nourrir mon corps, mais je n'avais pas saisi que je devais aussi m'occuper de mon esprit.

L'attentat de Wolinski et la maladie de Maryse me sont apparus comme une violente confrontation à la mort pour Papa et le sentiment d'avoir touché du doigt le diable pour Maman. En emportant pas mal de certitudes sur son passage.

Mon rapport aux autres et au temps a complètement changé.

Cela m'a conduite à une certaine humilité.

Comme j'aime à le répéter, tout est une question de timing. Je n'aurais jamais rien compris à tout cela avant.

J'ai déjà fait de nombreux jeûnes, une ribambelle de retraites, de week-ends entre développement personnel et yoga.

Vingt et un jours sans mâcher, ce n'est pas la même histoire.

Je crois que s'impliquer activement dans son jeûne permet d'augmenter ses chances de guérison. Oui, je suis là pour guérir et non pour maigrir.

Est-ce la confrontation avec la mort, le peu d'énergie dont on dispose, qui nous rend plus clairvoyants ?

Depuis que j'ai enterré Maryse, j'ai développé un genre de radar à émotions. Ce qui d'ailleurs m'empêche en ce moment de me confronter au monde.

Je suis tellement contente qu'il pleuve.

Je vais peut-être mieux dormir.

J'adore la pluie. Elle lave les esprits.

Quand on considère la place immense qu'occupe la tristesse au sein de nos vies, c'est disposer d'un talent émotionnel singulier que de savoir la transcender.

Il était vital pour moi de continuer à exister autrement que par l'attentat, d'être dans mes projets pour être dans l'avenir. Plus que jamais.

Je suis en pleine catharsis. J'adore ce mot.

Je ne cesse de bifurquer afin d'éviter d'aborder l'attentat.

Je vous raconte mon dernier soin.

Je m'approche de la porte. Le médecin, Mme Siegler, m'a prévenu : « C'est très bien pour vous. » Je me méfie toujours de ce que cela veut dire : « Très bien pour moi. »

M. Lutz m'attend. Je ne vois que ses yeux ronds tout bleus qui dépassent du masque qu'il porte presque jusqu'en haut du nez.

Après un échange poli, un peu sans intérêt, M. Lutz me demande de m'allonger.

Je suis habillée. Je commence un peu à flipper. Je sens le coup fourré.

J'ai oublié de vous donner le nom du soin : *Emotional Balancing*. J'aurais dû me méfier.

Je dois fermer les yeux. Il soulève mes pieds et les tient en lévitation.

On commence la séance par des respirations et ensuite, il me demande de tout lâcher, de ne pas me sentir jugée. Je ne dois pas penser, juste me laisser aller, juste « être ».

Je vais le faire en accéléré sinon je vais vous perdre en route.

Tout ce dont je me souviens c'est qu'à un moment, il m'a demandé ce qu'il se passerait dans mon corps s'il m'annonçait qu'une personne voulait me donner un message.

Une personne qui venait de loin.

Je me suis tendue.

« Si c'est ma mère, elle va sûrement râler. Et mon père, ce n'est pas possible il ne croit pas à tout ça. »

M. Lutz m'a dit de ne pas avoir peur. C'est mon ange qui venait me parler.

« Ah ben, on va être trois maintenant, parce que j'ai déjà un monstre. »

C'était une petite blague qui ne l'a pas fait sourciller. Très concentré, il m'a demandé d'aller voir la petite Elsa dans mon ventre. D'aller la toucher.

Je n'ai pas pu. Je ne voulais pas.

C'était tout sombre dans ma tête.

Il a mis ses mains sur mon ventre et, bizarrement, j'ai eu la sensation que j'attendais un bébé.

« Vous êtes enceinte de la petite Elsa. »

C'était un peu *too much* pour moi mais les sensations étaient folles. Comme si je sortais de mon corps.

Il a fini en me disant que j'étais aimée.

Je ne l'ai pas cru.

*

À demain

L'orage gronde.
L'attentat se rapproche.
Je vais prendre l'histoire à l'envers.

Jeudi 21 juillet
19 h 08

Le bouillon est aux carottes ce soir.

J'en ai assez. J'ai envie de rentrer. Mais je ne suis pas encore prête. Je le sais.

Le passage est en train de se faire.

Il sera temps de partir une fois que Maryse sera sortie de moi.

Mes questions sont toutes encore en suspens.

Pourquoi je voulais que ma mère meure ?

Pourquoi j'ai la sensation que le sol s'écroule sous mes pieds depuis des années ?

Pourquoi je n'ai pas confiance en moi ?

Pourquoi j'ai peur ?

Pourtant, le jour de l'attentat, je n'ai pas eu peur ?

C'est comme si je m'étais préparée toute ma vie à cette éventualité.

*

Il n'y a pas longtemps, ma plus jeune fille m'a demandé ce que ça faisait d'être une grande personne. Étant donné que je me prends toujours pour une enfant, je n'ai pas su quoi répondre. Et puis je me suis souvenue de moi, il y a quelques années.

J'implorais l'univers de me tendre la main.

Être une grande personne, c'est peut-être arrêter de demander aux autres de faire ce que tu ne sais pas faire et de commencer à apprendre.

Être une grande personne, c'est peut-être se prendre en main et s'affronter dans la douleur comme dans le plaisir.

Être une grande personne, c'est régler des émotions enfouies.

Entreprendre, aller de l'avant, faire, avancer, oser.

Ne pas trop se regarder.

C'est reconnaître aussi que les épreuves sont salutaires.

Moi, je serais plutôt du genre à écrire à ceux qui reculent, à ceux qui se cachent, que c'est possible de réenchanter son monde.

Forger sa destinée et s'accrocher.

Je ne fais que ça, m'accrocher.

Descendre des marches n'empêche pas d'en remonter plusieurs.

*

J'ai retrouvé un hommage que je t'avais fait, Maman.

C'est étrange ce Maman qui revient et Maryse qui disparaît petit à petit.

J'avais écrit que j'étais fière de toi, je crois.

Une fois n'est pas coutume.

Toi que j'ai pourtant confondue enfant avec Sylvie Vartan.

Toi à qui je dois mon amour de la lecture, mon instinct de survie. Ma vitalité, ma séduction innée et l'impossibilité d'aller me coucher sans me démaquiller.

Toi à qui je dois aussi tous mes complexes.

Toi, la plus élégante des veuves, qui, sur ta dormeuse, allongée et de noir vêtue, étais telle une héroïne.

Toi que je traite souvent avec tendresse et rudesse, je suis fière de t'avoir vu combattre les injustes éléments, qui ont ramené à ta douleur le mensonge des uns, la bêtise des autres, et ta seule solitude.

Tu avais 21 ans, il en avait 34.

Quarante-sept ans de bonheur, tu auras vécu.

La poupée ultra célébrée de Georges est devenue une résistante, un roc chic au cœur éternellement à vif.

Un jour, tu m'as dit : « Je fais le deuil de la femme que j'étais. »

Comme toi, j'aimerais ne jamais baisser les bras.

« J'ai tellement envie de rire, mais je n'ai personne pour me faire rire. »

J'ai répondu : « Si, moi. »

J'avais envie de hurler.

« Tu ne vois pas que je suis là ? »

Souvent.

Toujours.

Je partais de chez toi triste.

Ça m'arrive quand je traverse le chaos, de ne plus trouver mes mots.

Une phrase de Wolinski me revient : « Quand on veut plaire à tout le monde et ne déplaire à personne, on risque de déplaire à tout le monde et de ne plaire à personne. »

*

J'ai décidé de boire de l'eau pétillante. Ça a l'air banal dit comme ça. Mais quand on est à l'eau et au bouillon, l'eau pétillante apparaît comme une petite folie.

C'était une mauvaise idée, ça me donne mal au ventre.

Depuis hier, j'ai repris 200 grammes.

Un comble.

Je n'ai rien fait de plus que les autres jours, sauf me stresser.

Le stress pèse 200 grammes sur la balance.

*

Lettre ouverte à Wolinski

Je voudrais t'avouer que je n'ai plus si mal, qu'il m'arrive même de t'oublier.

Je voudrais juste parfois te sentir. Cette odeur de papa qui rassure. Je renifle des hommes mais ce n'est pas pareil.

C'était dur pour Maryse sans toi. Vivre sans amour ne lui allait pas au teint.

Sinon, les filles vont bien.

Bianca te ressemble. Elle a tes absences.

J'ai déménagé deux fois depuis toi.

À demain

Je trimballe ton costume noir avec le col en velours. J'ai aussi récupéré la veste autrichienne.

Je te cherche quand je vais boulevard Saint-Germain. Avec ton chapeau que je trouvais ridicule et ton carnet de croquis à la main.

Tu serais malheureux, dans le quartier, il ne reste plus que des boutiques de fringues et les intellos de gauche sont devenus des intellos de droite.

Le monde change, il se coince comme la morale.

J'espère que le trou de ta balle s'est rebouché parce que j'ai peur que tu attrapes froid dans le cœur.

Elsa, la fille de son Papa.

Elsa, la fille de plus personne.

Je suis une orpheline.

Vendredi 22 juillet
09 h 39

Treizième jour.

J'ai perdu quatre kilos.

J'aurais aimé en perdre dix. Mais c'est déjà pas mal.

On ne fait pas un jeûne pour mincir. Mais ça, personne ne le comprend.

Ce ne sont pas les kilos qu'on perd, c'est la place qu'on octroie à ce qui est essentiel.

Le fameux vide qui me faisait peur est devenu une douceur.

Je fais de la place à ce qui est important et je mets dehors ce qui me colle à la peau.

Ce qui me pèse.

Ce n'est pas simple.

J'en ai marre des bouillons. Marre de mes trois litres d'eau. Marre de passer ma vie à faire pipi.

Donnez-moi un spritz Saint-Germain, une babka à la pistache, du fromage de brebis, des spaghettis, du chocolat, des copines et du pain.

Je veux du beurre, du gras, de la viande et des frites.

Il va falloir tenir. Dehors. Loin de cette clinique où je suis un peu lobotomisée.

Je prends mon jeûne très au sérieux. Je suis là pour guérir.

De quoi ?

D'un tout.

Si je fais le constat de mes dix jours : positif.

On a baissé mes antidépresseurs, je n'ai pris qu'une fois du Xanax. Un soir. D'habitude, c'est trois par jour.

Aujourd'hui, mon amie Judith enterre son papa, emporté par le Covid en quinze jours.

J'ai envie de lui dire : « Je sais ce que c'est » mais, en même temps, je crois que je ne sais pas. Je ne me souviens de rien de l'enterrement de mon père, à part une énorme mascarade.

C'est comme si je m'étais enfuie de mon enveloppe corporelle.

Je n'étais pas.

J'étais un zombie.

Est-ce que c'est pour cette raison que j'ai tant voulu accompagner Maryse ?

*

À demain

Je me souviens, c'était en décembre.

Le 4 décembre 2021 à 19 h 47.

Maryse se meurt.

J'écoute le *Concerto pour violon nº 3-5* de Mozart, par Mitsuko Uchida.

Je suis allée chez le coiffeur. J'ai demandé une frange rideau en mangeant des gâteaux bios pas très bons.

Je me regarde dans la glace. Je suis fatiguée.

Je voudrais un câlin.

Je regarde les passants, les couples, les enfants, les vieux, les mamans, les hommes.

Je voudrais un câlin. Un tout petit, s'il vous plaît.

J'adore cette période, quand ça sent l'hiver. L'hiver ça sent l'amour.

Mais je n'ai pas d'amour. De personne.

Aujourd'hui, je vais mieux, je crois.

Maryse ?

Elle file de manière théâtrale.

Digne d'une exquise Maryse, allongée dans un pyjama noir à fleurs orange que je lui ai trouvé chez Monoprix, deux coussins sous sa tête la maintiennent à la hauteur d'une reine.

Ses mains sont tendues vers nous pour qu'on les lui tienne.

Au début, je le vivais mal.

Je n'aime pas quand Maryse fait sa Maryse.

Quand elle est capricieuse. Qu'elle demande un trop-plein d'attention.

Je n'aime pas ses mains qui attendent les miennes.

Je voudrais une maman.

Je n'aime pas être la maman de ma maman.

J'ai aussi été son Georges.

Elle me l'a avoué un jour après l'attentat : « Je suis en fusion avec toi. Tu remplaces Papa. »

À quel moment ai-je été son enfant ?

Le premier jour du déclin, je me suis dit que je n'allais pas tenir, pas supporter.

Avec deux Xanax, avoir une reine comme mère, ça passe beaucoup mieux. C'est à partir de ce moment-là que j'ai commencé à me gaver d'anxiolytiques.

D'où ma présence dans cette clinique.

Ce soir, j'ai un bol de gaspacho, c'est un peu la fête.

Ça me change du navet, de la courgette et du bouillon au panais.

La mort, qu'est-ce que c'est en vrai ?

Je ne l'ai connue que brutalement avec mon père.

Là, je la vois de près. De tellement près que, au début, je me suis dit qu'elle allait m'engloutir. Maryse a tellement peur de la mort que je la vois s'agripper à moi comme pour m'entraîner dans sa chute.

Ce n'est pas encore mon moment.

Elle m'a dit : « Je ne veux pas te quitter. »

J'ai répondu : « Maman, je ne peux pas y aller avec toi. Tu dois rejoindre Papa toute seule. »

Je vais devenir dingue.

En fait, elle veut que je meure.

Avec elle.

Je suis un lien entre la vie et la mort de mes parents.

J'ai l'impression d'avoir une main tendue vers mon père pour supporter sa mort et l'autre attachée à Maryse qui veut rester sur Terre.

C'est moche de mourir.

Je veux dire vraiment moche.

Sauf si on a des dents refaites.

Je pense que la bouche de Maryse coûte le prix d'une voiture.

Je me demande si j'ai le droit de récupérer ses dents pour qu'on me les mette.

J'imagine la tête du mec qui va l'incinérer.

« Bonjour, je voudrais brûler Maman mais récupérer ses dents. »

Je rigole toute seule.

Ce qui est pratique dans mon histoire, c'est que je suis déjà sur le coup au niveau de l'organisation. Pour l'avoir vécu avec mon père, je connais les rouages des obsèques. Je pourrais me recycler dans les métiers du secteur funéraire. Celui que je préfère, c'est le thanatopracteur. Parfois, le soir, je me répète ce mot.

À force d'aller voir Maryse et son déclin, j'ai peur moi aussi de perdre les mots.

Alors je me répète dans mon lit : tha-na-to-practeur.

Maryse ne peut plus parler.

C'est ce qui m'a fait le plus de mal.

C'est arrivé d'un coup. Du jour au lendemain.

C'était terrifiant mais je faisais comme si tout était normal.

Elle s'énervait qu'on ne la comprenne plus.

Je voulais tellement qu'elle meure.

C'est terrible.

Quand j'y repense, je m'en veux. Mais je n'en pouvais plus.

Je pleure. Je pleure en écrivant.

Mes larmes glissent sur mes joues et rebondissent sur l'ordinateur.

Maman, excuse-moi.
Je t'ai détestée. Je te déteste.
Je me suis accrochée au fil de ta vie.

Le 6 décembre 2021 à 17 h 14.

Maryse, qui aurait dû mourir en octobre, est toujours là.

« Elle ne lâche pas », dit le médecin.

Son corps ne réagit plus. Elle peut à peine murmurer. Quand je sors de sa chambre, elle lève sa petite main, si maigre et si fragile, et pointe un doigt presque autoritaire, le doigt de la maîtresse d'école, pour me dire : « À demain. »

À la fois une menace et une supplication, ce fameux geste qu'elle reproduit depuis dix jours, c'est tout ce qui lui reste pour me garder avec elle.

Il y a des « À demain » plus douloureux que d'autres.

Un soir, le médecin, que j'aimais bien, m'a demandé de ne plus te dire : « À demain. »

Pour te laisser partir.

Parce que tu ne veux pas mourir. Parce que tu ne lâches rien.

Je suis sortie de ta chambre en silence.

Même au seuil de la mort, on te retire encore des attentions pour que tu puisses t'en aller. Tu as perdu l'amour, la santé, les mots si importants pour toi. Maintenant, on te retire cette main qui te raccroche à moi.

Avec ce qui te restait de force, tu as tendu une dernière fois ton petit doigt trop maigre et tu as murmuré notre : « À demain » qui n'en était plus un.

Je pleure encore.

C'est ce que je suis venue chercher.

Mon chagrin.

Je respire.

*

Ça y est, le jeûne est totalement enclenché. Il a pris possession de moi.

J'ai baissé mon armure.

Il n'y a plus de place pour le monstre parce que j'ai fait de la place pour mes deuils.

Je me respecte.

À demain

Ce n'est pas rien ce qui m'est arrivé.
Mon deuil peut enfin commencer.
Celui de Maryse.
Mon père, je ne sais pas encore qu'il est mort.
Je ne peux pas faire son deuil.
L'information n'est pas encore montée jusqu'à mon cerveau.
Elle est restée bloquée quelque part.
Ce soir, il n'y a plus de monstre.
Il a pris sa valise, je l'ai vu s'éloigner.
Je ne crie pas victoire. Je sais qu'il n'est pas loin.
Enfin, j'ai les armes pour bâtir un bouclier anti monstre.
J'ai le nez qui coule.
Ce sont les larmes de tout à l'heure.
Je vais me coucher.

À demain.

Samedi 23 juillet
09 h 23

Il a plu toute la nuit.

Le ciel est gris argenté.

C'est magnifique.

Les oiseaux chantent.

J'ai envie d'adopter un chien.

Ou un quatrième chat.

Je pèse 68 kilos.

Je bois un thé vert.

À 10 heures, j'irai faire du yoga et ensuite un peu de renforcement musculaire.

Entre nous, je fais la maligne, mais je n'ai pas encore mis un pied dans la salle de sport.

Je voudrais que l'attentat sorte.

Je commence à avoir peur.

De partir.

De quitter la clinique.

De rentrer et de retrouver toutes mes casseroles.

Je ne veux plus de cette batterie de cuisine bien trop lourde.

Qu'est-ce que je laisse ici ?
Je réfléchis.
Je respire.
Je laisse les hommes.
Plus de pervers narcissiques dans ma vie.
Je laisse le monstre.
Je laisse Maryse.
Non, je l'emmène avec moi.
Depuis que j'ai pleuré hier, son image m'apparaît beaucoup plus douce.
Je n'ai plus peur de toi, Maman.
Tu peux venir me voir.
Je t'ouvre la porte.
Je laisse le stress.
Je laisse l'attentat.
Je laisse mes peurs.
Je laisse mes douleurs dues aux peurs.
Je laisse mon mal-être dû aux douleurs et aux peurs.
Je laisse mon agressivité.
Je laisse mon orgueil.
Je laisse mon ego.

*

Je suis allée au yoga.

Chaque fois que la prof expliquait en anglais qu'il fallait inspirer et expirer, je n'avais qu'une seule image en tête, des raviolis aux crevettes à la vapeur.

Je ne meurs pas de faim, pourtant mon inconscient crie famine.

*

Maryse,

Le jour où tu m'as dit que ton diacre était très beau, j'ai tout de suite compris.

Il n'y avait pas seulement le retour de ta foi. Tu as dragué le diacre. Je m'en doutais. Il a confirmé mes soupçons.

« Je suis frivole », tu lui as dit.

J'ai une mère qui, avant de mourir, séduit un homme d'Église.

On s'étonne ensuite que je sois coincée. Avec les parents que j'ai eus, c'était pute ou nonne. J'ai banni la séduction que je tenais de toi.

Tu es morte en disant : « Jésus », a affirmé ton diacre.

Il était heureux. Moi pas du tout.

Après toutes ces années à m'emmerder avec Papa, tu aurais pu partir avec un « Georges » langoureux ou un : « Merci à mes filles. »

Rien. *Nada.* Comme d'hab.

On n'est que du caca.

C'est comme ça que je me suis sentie.

On aura quand même ri.

On te faisait des blagues quand tu ne pouvais plus parler.

On te nourrissait quand tu ne pouvais plus bouger.

À l'hôpital, j'ai demandé si je pouvais piquer ton Lexomil puisque tu ne pouvais plus en avaler. Et puis aussi manger tes dîners.

Je faisais rire les infirmières.

Un jour, tu as lâché un : « On se retrouvera. »

Tout mon corps s'est mis en branle. J'avais la nausée, mon cœur battait trop vite.

Je sentais ton départ dans ma chair. En fusion, je suis avec ta mort. Pas avec ta raison.

Six ans de combats, six ans à tes côtés.

Je veux te donner un grand coup de pied.

Ouste ! Meurs !

C'est une torture de te voir.

22 h 39

Je me souviens.

Sur le moment, je n'ai rien compris. J'étais trop entourée pour être triste comme j'aurais dû l'être.

Tu me manques rarement. Ou tout le temps.

J'étais au journal, assise à mon bureau. Un bureau près d'une allée dans laquelle tout le monde venait papoter.

À cette époque, j'aimais encore bien travailler dans ce journal.

Après, j'ai détesté.

Il n'y a rien de pire qu'une cheffe qui se prend pour une cheffe.

Je suis assise. Je dois écrire un article sur… j'ai oublié son nom… Une actrice, une chanteuse rousse. Française. Jeune.

Je n'y arrivais pas. Ce qui m'arrivait souvent.

Je n'étais pas une bonne journaliste beauté. Je ne croyais pas du tout à ce que j'écrivais. Ni dans le pouvoir des crèmes ni dans les réponses formatées des actrices dédommagées en cadeaux par les marques.

Mon bureau me permettait une stabilité. Il me fallait un tuteur, comme pour les plantes.

Le journal était mon tuteur. Je m'y accrochais.

Il est 10 h 30, je tourne en rond sur mon papier.

J'ai retrouvé le nom ! J'écrivais sur Joséphine de La Baume.

Qu'est-ce qui m'a poussée à regarder les infos sur Internet ?

Jamais je ne regardais les infos sur Internet. Jamais.

Je me pose encore la question.

Je découvre en temps réel qu'il y a des tirs à *Charlie Hebdo*.

Il y a des gens sur le toit de ton bureau, Papa.

Sur le coup, je ne comprends pas.

Il y a des cris.

Pour me protéger, je me remets à mon article.

J'appelle mon père qui ne répond pas.

Ma mère qui ne répond pas.

Et le père de mes enfants.

Il est au courant.

Il me dit de ne pas bouger.

Son ton ne m'inspire rien de bon.

Je veux courir, je veux voir mon Papa, je veux retrouver Wolinski.

J'ai besoin d'action.

J'imagine n'importe quoi.

J'ai peur.

Peur qu'il ait peur.

Papa n'est pas un bagarreur.
Wolinski est un provocateur.
Je ne veux pas qu'il souffre.
Je ne pense qu'à ça.
J'attends.
Le père de mes enfants me rappelle.

Charb est mort.

Il me rappelle.

Cabu est mort.

Il me rappelle.

« C'est fini, Elsa. Il est parti. »

« Qui est parti ? »
Je ne comprends pas.
« Tu peux appeler ma mère pour lui dire ? »
Pendant ce temps, certains journalistes de la rédaction s'agglutinent autour de moi.

Mayotte, grand reporter et amie, me demande si je veux une banane. Elle restera au fond de mon sac pendant trois jours.

Je souris. Je ne veux pas pleurer devant tout le monde.

Je suis gênée. Je souris.
Je veux rentrer voir ma mère.
Mon monde s'écroule.
Je fais comme si de rien n'était.

Mon monde s'écroule.
Papa est mort.

Je suis dans un taxi. Je ne parle pas. Je suis en apnée.

Je dois rejoindre Maryse, mais je sais, je sais que ma vie va prendre un tournant qui ne va pas me plaire.

Papa, c'est Papa.

Georges, c'est Papa.

Wolinski, c'est Papa.

Le couscous, c'est Papa.

Les bobos, c'est Papa.

La vie, c'est Papa.

J'arrive devant sa porte. Je sonne.

Maman, veuve depuis une heure, me regarde.

Je lui dis cette phrase qui me fera réfléchir par la suite des nuits entières :

« Je vais m'occuper de toi maintenant. Je suis là. »

Comme si je devenais Georges.

« Occupe-toi de ta mère. Fais attention à ta mère. Prends soin de ta mère. »

Des années à entendre ces phrases.

J'ai envie de pleurer. J'ai envie qu'on me prenne dans les bras.

« On ne pleure pas », me dit Maman.

À ce moment très précis, je la regarde.

Dans ma tête, je lui crie : « J'ai le droit de pleurer. Tu es une maman, tu dois t'occuper de moi, je viens de perdre mon père. Tu es une maman. Tu es ma maman. »

Non, tu ne l'es plus. Tu es désormais la veuve de Wolinski.

Voilà comment tu te présentes.

Pour supporter le froid glacial qui va s'emparer de toi, je vais séparer la femme de la mère que tu n'es plus.

Je te respecte en Maryse.

Je te gomme en Maman.

Ton chagrin, ton mari, ton attentat, tout t'appartient.

Avec Frederika et Natacha, mes sœurs, on se partage des miettes de tristesse sans larme.

Même quand ton monde s'écroule, tu es magnifique. Tu es une veuve élégante allongée sur ta dormeuse verte. Je te prends en photo.

Tu ressembles à Marilyn. Tout en noir avec tes cheveux presque platine.

Tout le monde s'en fout de moi.

Le soir, je demande timidement à Maryse si je peux dormir avec elle.

Parce qu'elle ne veut pas rester seule.

Ça sera un non catégorique.

Il ne me reste que le lit de mon père.

Ça me dégoûte un peu mais je suis fatiguée.

Je vais même y passer deux nuits ou trois.

Je suis dans ton odeur. Je te connais.

Je me colle contre ton doudou Betty Boop.

Je fouille dans tes tiroirs, il y a des carnets, des feutres, des croquis et des idées annotées.

Je ferme la porte.

Je me blottis dans un de tes pulls en cachemire.

Tout pue toi. Sortez-moi de là !

Je m'interdis de regarder les images à la télé.

Mon téléphone n'arrête pas de sonner.

*

Six ans après.

Lundi.

Je mange et je m'étouffe.

Mardi.
Je mange pour m'étouffer.
Mercredi.
J'étouffe de manger.
Jeudi.
Maryse n'est pas encore morte.
Elle me demande de prendre une décision.

Je fais les devoirs avec mes enfants.

Je cuisine des pâtes au thon.

Rien que d'y penser, je salive.

« Je dois prendre la décision avec toi, Elsa. Est-ce que je fais de la radiothérapie, mais je risque de perdre mes cheveux. Ou est-ce que je ne fais rien, mais je risque de perdre mes fonctions vitales ? »

Je suis tétanisée.

Je laisse tomber les devoirs d'anglais dans les pâtes.

Et je mets le thon à la poubelle.

Je perds la tête. Tu me fais perdre la raison.

J'ai envie de répondre : « Laisse-moi tranquille. »

« Je ne sais pas, Maman. C'est une décision importante, il est 20 heures, c'est l'heure du dîner. »

Je marmonne des mots que j'avale, je gagne du temps.

Cette nuit-là, je n'ai pas dormi.

Vendredi, je mange.

Samedi, j'accompagne Bianca chez une amie.

Je décide d'arrêter de vivre en pyjama. J'enfile un jean. Je ne rentre pas dedans. J'en prends un autre. Je ne rentre pas dedans.

J'ai un peu chaud. C'est débile d'avoir une montée de panique pour des jeans.

Je fais tout tomber par terre.

Je cherche celui que je porte quand j'ai mes règles. Celui dans lequel je me sens au large.

Il me serre.

Cette nuit, à 2 heures du matin, j'ai mangé deux Bounty.

Je tombe sur un mot d'une amie : « Qui est Elsa ? »

Pas la Elsa de Maryse.

Pas la Elsa de Wolinski.

Pas la Elsa des attentats.

Qui est Elsa ?

Elsa est un moelleux au chocolat.

C'était ma réponse.

Je suis dans la chambre de Wolinski.

Lui n'est pas parti.

On peut tuer un homme, pas ses idées.

Dimanche 24 juillet
09 h 20

Je dois écrire le matin ou l'après-midi

Le soir, je ne peux pas.

Je ne peux pas dormir non plus. Une fois les mots sortis, je sens une frénésie s'emparer de mon mental. Je dois bouger, danser, oublier, colorier.

Surtout oublier.

Je ne m'endors pas avant 3 heures du matin.

Depuis l'enterrement de Maryse, je cherche le sommeil en musique ou avec des podcasts.

Même le jeûne n'a pas encore eu raison de mes nuits avec du bruit.

Dans six jours, je m'en vais.

J'ai tant à dire.

La vérité sur la drogue.

La réalité du quotidien quand on est ultra-sensible.

Ne plus avoir peur.

À demain

Ne plus faire semblant.

Ne plus attendre demain.

Demain, c'est aujourd'hui.

J'ai un vertige quand je me regarde.

Les poils de mon pubis sont blancs.

Il y a comme une urgence à trouver le bonheur.

Achever cette comédie de la mère qui tient bon.

Je pensais la douleur présente pour me lier au monde.

Et si c'était la douceur ?

Ce matin, j'inspire et j'expire le vide.

C'est cet accès au « rien » qui m'a fait rencontrer mon plein.

Je prends conscience de tous les muscles engagés, des côtes flottantes qui se resserrent comme un accordéon, du mouvement d'élévation du diaphragme, du ventre qui se gonfle, des poumons qui rétrécissent.

J'ai compris.

Le petit vélo dans la tête. J'ai compris que ce n'était pas moi qui le mettais en route.

Mon ego est-il un ennemi ou un ami ?

J'ai cessé d'accumuler mes pensées comme mes échecs qui ressemblent à une bibliothèque en overdose de livres.

J'ai vidé les tiroirs.

Je fais une pause.

Ma prochaine étape consistera à transcender la pensée.

C'est une tâche urgente.

Cela ne veut pas dire cesser de penser mais ne pas être possédée par elle.

Je voudrais que mes peurs et mes petits tracas se dissolvent dans l'immensité de ce qui n'a ni début ni fin.

Je crois au sacré.

Comment ai-je pu oublier cette magie qui vibre à l'intérieur de tout ce qui est ? Dès qu'on pose son attention sur le sacré, on prend alors conscience qu'il se niche dans les moindres recoins, même derrière ce qui est laid. En vrai, le sacré est difficile à décrire.

Je tente ici de dissoudre toute forme de négativité et de prendre conscience de la chance inouïe que j'ai d'être en vie.

Je dois tout cela au vide.

Je bois mon thé vert.

Je pèse 67,8 kilos.

*

Maryse couvait son monstre.

Le cancer est un sport de combat.

Tu n'avais pas d'autre projection que toi-même.

Je n'étais pas toi.

Pourquoi je dis ça ?

Je n'étais pas toi.

Pas assez fragile.

Pas assez mince.

Pas assez cultivée.

Pas assez sur mon physique.

Pas assez Rimbaud, pas assez Verlaine.

Pas assez Misia, pas assez Edith Stein.

Pas assez *name dropping*.

Je n'étais pas ton reflet.

J'en ai été la première meurtrie, je te le promets.

J'ai vite compris que je n'étais pas celle que tu voulais.

Je l'ai senti. Ça se sent ces trucs-là.

Tu avais un rapport délirant au miroir.

Tu passais ta vie à te regarder.

Moi, j'esquive le reflet d'Elsa.

Il n'est pas aux normes. À tes normes.

Maryse, tu étais une injonction sur pattes.

J'ai mis très vite de la chair autour de moi. Pour me tenir chaud.

À demain

Tu n'étais pas tactile. Quand je te prenais dans les bras, tu disais : « Tu vas me casser. »

Moi, je te serrais fort pour te garder.

Tu n'as pas accouché d'Elsa. Pas question de détériorer ton corps.

À la clinique, un coiffeur est venu.

Je suis un bébé photo.

Tout est faux.

Pourtant j'ai été une enfant désirée quelle que soit mon arrivée.

Je ne t'en veux pas.

Papa, c'est toi.

Tu voulais une femme enfant, pas une mère.

Il était difficile d'exister face à un couple qui jouait de leur amour.

Étais-je l'enfant ou la spectatrice du couple Wolinski ?

Je n'avais pas de place.

J'ai d'ailleurs toujours du mal à m'imposer.

Je serais plutôt du genre à m'excuser d'exister.

Je naîtrai un jour.

Lundi 25 juillet
08 h 21

Plus que cinq jours.

Je me suis réveillée à 6 h 30 avec un goût de drogue dans la bouche.

Ça m'a fait peur.

Ça m'a fait de la peine.

Ça m'a dégoûtée.

De mes souvenirs.

J'ai des flashs.

Dans le métro ou la nuit.

J'ai la mâchoire bloquée.

La drogue a un goût amer.

Elle fait mal aussi.

Une douleur que j'ai mise dans un tiroir tout poussiéreux de tristesse.

Je n'ai aucun bon souvenir de la drogue.

Aucun.

Je suis addict.

La cocaïne.

Les antidépresseurs.
Le sucre.
À un moment, les trois en même temps.
Je rêve de vivre sans chimie.
Sans crises de boulimie.
Qui plombent l'esprit et le sang.
Je suis addict.
J'ai perdu des années.

Ce matin, j'avais massage du ventre.
La thérapeute m'a demandé d'imaginer une montgolfière.
Dedans, je dois mettre tous les gâteaux et le chocolat que j'ai mangé.
Je dois tout déposer dans le panier.
Elle appuie sur le ventre.
Je dois respirer.
Ça me fait un truc bizarre dans le plexus.
La montgolfière est chargée de sucre.
Je dois lui dire au revoir.
Et la laisser s'envoler.
Je pleure.
Je n'ai pas de larmes.
Elles ne coulent pas.
Coincées dans la gorge.
Un gros cri va sortir.
Je vais faire trembler la Terre.

Je n'ai pas envie de m'en séparer, de mes gâteaux.

Laissez-moi mes protections.

Je ne veux pas être seule.

*

J'aime ma sœur.

C'est une affirmation.

Je ne suis pas toujours certaine d'aimer ma maman.

Mais d'aimer mes sœurs, oui.

Des sœurs. J'en ai deux.

La cadette s'appelle Natacha. Je trouve ça sexy, la lettre A.

L'aînée s'appelle Frederika. Kika.

Je crois que, dans la famille Wolinski, on a toutes cherché notre place.

Maryse l'exquise ou Maryse le phénix.

Tous les six mois, on m'a annoncé ta mort.

Je râle, je râle contre toi.

Il m'aura fallu un attentat pour rendre grâce à ton courage.

Tu as été volontaire, pieuse, féministe, intègre.

Une battante qui n'a peur de rien.

Je me souviens d'un « pardon ».

Tu étais à la clinique, il ne te restait plus longtemps.

Mais même ce « plus longtemps » me paraissait déjà très long.

Ton « pardon » était si mignon.

Tu t'excusais de ne plus être flamboyante.

Moi, je t'ai toujours préférée au naturel.

Fragile.

Je te dois ma force de caractère.

Je te dois d'enfoncer les portes, même quand elles me sont fermées.

J'ai hérité de Wolinski le poing levé, l'amour des sandwichs merguez, des polars suédois et une mélancolie innée.

Vous m'avez appelée Elsa-Angela.

Elsa pour Triolet.

Angela pour Davis.

Avec tout ça, difficile de me la fermer.

Tu trouvais que je manquais de protocole, mais tu t'amusais de ma liberté de penser.

J'aimais t'entendre rire.

J'aurais d'ailleurs tout fait pour un sourire de toi.

Je voudrais que ta mort serve à quelque chose.

Je voudrais que votre mort à tous les deux ait un sens.

Celui de conserver une forme d'espoir, le goût du rire, même s'il est provocant, même s'il va trop loin.

Le goût d'aimer et de partager.

Le goût de la résistance.

Ce serait malvenu d'avouer que je me sens libre mais je me sens libre.

*

Il n'y a pas longtemps, sur les réseaux sociaux, une femme m'a écrit : « Je parle avec les morts.

— Surtout pas ! Laissez-les où ils sont ! »

Pourtant, avant, je cherchais des signes partout.

Mais ça, c'était avant.

Avant le cancer.

La première fois que j'ai parlé à mon père alors qu'il était déjà mort, c'était le long du canal.

Je marchais et j'ai regardé le ciel.

« Papa, fais-moi un signe, s'il te plaît. »

Un cygne s'est posé, sur l'eau en me regardant. Il me fixait.

Ce n'est pas drôle, j'ai pensé. Elle n'est pas drôle ta blague, Papa.

Je suis repartie triste.

La seconde fois, j'ai entendu ma fille Lilah parler avant de se coucher.

Elle devait avoir 7 ans.

« À qui parles-tu, mon chaton ?

— À grand-père, Maman.

— Embrasse-le pour moi. »

La troisième fois, je me trouvais dans un restaurant. Je dînais avec des amies très proches. En face de moi, il y avait Julie, à côté de Marion, mon amie de toujours.

Tout à coup, j'ai aperçu une ombre.

Je n'ai rien dit à personne. En revanche, j'ai arrêté l'alcool.

J'avais juste trempé mes lèvres dans un *moscow mule.*

C'était lui.

Il était dans le décolleté de Julie.

« Julie, il y a mon père dans tes seins. »

Elle a ri.

J'ai filé aux toilettes me mettre de l'eau sur le visage. Il n'y avait plus de papier pour s'essuyer, il m'en a tendu.

Là, j'ai flippé.

« Tu ne peux pas frapper avant d'entrer ? Et tu ne peux pas non plus être dans les seins de Julie ! »

Il est parti, affecté.

Je m'en suis voulu.

Mais je l'ai revu. Il était au plafond, il flottait dans les airs.

Je faisais l'amour avec un gangster.

Il mettait ses mains devant les yeux pour ne pas voir.

J'ai râlé. D'un geste, je lui ai demandé de me laisser. J'étais tellement gênée.

Et puis plus rien pendant des années.

Je le cherchais dans l'air, dans le ciel, sur des femmes.

Et puis, un matin, j'ai senti une main.

J'étais en Grèce.

C'était si doux.

C'était lui, je le sais.

Je ne voulais pas qu'il sache, pour le cancer.

J'espérais qu'il ne revienne pas.

Mais, une fois, il m'a suppliée de l'emmener voir Maryse.

Je devais l'emmener voir sa femme.

Le jour même, j'allais chez ma mère.

Avant de rentrer, je l'ai prévenu qu'elle avait changé.

Il pleurait. Il était déjà autour d'elle.

C'était magnifique. Je me suis mise à pleurer aussi.

Ma mère m'a regardée ne sachant pas pourquoi j'étais si émue.

Je lui ai dit : « Je suis fatiguée. Ne t'inquiète pas. »

D'un coup, il a disparu.

Je l'ai cherché, je sentais la bêtise arriver.

Il était dans la salle de bains. Il avait mis la perruque de Maryse. Il se regardait dans la glace.

« Papa, tu enlèves ça tout de suite ! »

Il ne voulait pas lâcher la perruque.

J'ai entendu Maryse arriver.

Avant de disparaître, Papa m'avait mis la perruque sur la tête.

« Mais qu'est-ce que tu fais ? Arrête tes singeries », m'a dit Maman.

Je suis ressortie épuisée de cette journée.

Un jour, j'en ai eu assez.

Je l'ai appelé.

« Papa, je dois te parler. Tu ne peux pas rester. »

Il me regardait tellement éploré.

J'en avais le souffle coupé, mais je me devais d'y arriver.

Je lui ai pris la main.

« Viens, je vais te ramener. »

J'ai pris un taxi. Il était collé. Il me regardait.

Je suis arrivée au cimetière.

Il grelottait.

J'ai mis ma main dans la sienne.

« Papa, tu dois rentrer dans ta boîte. »

Je l'ai aidé à pousser la porte couvercle de sa tombe.

Il a piétiné puis j'ai tout refermé.

Je me suis assise dessus.

J'ai soufflé.

*

J'ai la tête qui tourne depuis hier.

J'ai pris 200 grammes. Je pèse 67,9 kilos.

Très étrange de se peser. Je ne le fais jamais chez moi. Toutes mes balances sont cassées.

Je ne suis pas triste, je suis en colère

Je me demande : comment on meurt ?

Je pensais qu'on mourait vite et dignement, comme dans les films.

Pas du tout.

Pourquoi on ne nous parle pas de la mort ?

Puisqu'on va tous mourir.

Ça serait quand même plus simple de nous donner un kit. Un tuto.

Je croyais qu'il n'y avait rien de plus douloureux que le décès.

Wolinski ressemblait à une poupée gonflée à l'hélium.

Maryse à une poupée en porcelaine.

Moi, je suis un truc encore vivant, un peu ébréché.

Je pensais que l'enterrement serait insurmontable.

Le plus dur, c'est de vider. Vider les souvenirs, récupérer l'intime.

Dans un placard, je suis tombée sur des photos érotiques de Maryse prises par Georges.

J'ai appelé ma sœur au secours.

J'ai appelé le psy pour un rendez-vous illico.

J'ai compris que je n'étais pas née dans un chou mais plutôt dans un porno.

Je me rassure en me disant que Wolinski devait citer Marx.

Et Maryse Simone Weil.

Je me suis juré de laisser un héritage léger à mes filles.

À demain

Je suis déjà assez compliquée.

Je vais nager.
À demain, avec le doigt tendu.
Ce « À demain » me manque.

Mardi 26 juillet
18 h 36

Je suis de mauvaise humeur. Je crois que c'est parce que je n'ai pas encore écrit. Finalement, ça me fait du bien de me déverser. De converser.

Je voudrais parler de vulnérabilité.

C'est le premier mot qui me vient.

Dix-neuf jours, c'est passé tellement vite.

Je bois un bouillon à la tomate avec deux cuillerées à café de ciboulette.

Depuis deux jours, la ciboulette avait disparu pour de l'aneth.

J'avais envie d'étrangler le cuisinier.

Je m'accroche à ces mini bouts de ciboulette pour réussir à mâcher.

Avoir la sensation de manger autre chose que de l'eau chaude pimpée de légumes.

La faim est revenue.

La peur aussi.

Le retour à la vie normale se prépare.

À demain

Mon organisme est en éveil.
Le doute pointe son nez.
Je n'ai quand même pas jeûné pour rien.
Je dois rester modeste et concrète.
Pour tenir mon plan.
Le plan du changement.
Une bonne organisation est nécessaire.
Cela en vaut la peine.
L'organisation, ce n'est pas trop mon truc.
Je veux être une lumière pour quelqu'un.
Je vais rentrer.
Je serai seule.
Personne pour me regarder.
Personne pour m'aimer.
Mon corps est bronzé.
Personne pour en profiter.
Seule, je suis.
Pas de séance de jambes en l'air.
Moi, mon truc, c'est l'amour.
J'aime aimer.
Pas de raison sans passion.
Pas de passion sans raison.
Aimer à la folie.
Sans jamais perdre sa lucidité.
Je mens.
Ma lucidité ne m'a jamais empêchée de me perdre.

Mercredi 27 juillet
17 h 26

C'est fini.

C'est fini le jeûne.

Je croque dans une pomme.

J'ai compté. J'ai mâché mon morceau bout de pomme pendant 25 secondes.

Je ne veux pas recommencer à manger.

Je ne veuuuuuuuuuux paaaaaaaaas.

Je ne veux pas non plus refaire caca.

Tout se mélange dans ma tête.

Les doutes sont de retour, la peur arrive en galopant.

Je suis allée nager pour occuper mes angoisses.

« Pas la peine de revenir. »

Pour me rassurer, j'ai appelé le monstre.

« Tu es là ? »

Je n'ai rien senti.

Lui, il est bien parti.

C'est une victoire.

Je ne retiens jamais les prouesses.
Essayons ensemble.
De quoi pourrais-je être fière ?
D'avoir réussi à jeûner.
D'avoir réussi à écrire tous les jours.
D'avoir pleuré un soir pour Maryse.
D'avoir fait le vide.
Et compris que le vide était mon plein.
D'avoir vaincu le monstre.
D'avoir ciblé ce qui m'avait manqué.
D'avoir saisi qu'il me fallait un psy.
Ce soir, j'ai peur.
Oui, je crains de rentrer à Paris.
De retrouver les meubles de Maryse, les litières des chats, ma chambre qui ne me plaît pas.
De me retrouver seule parce que c'est ce que je suis.
Sans mari, sans amant, sans attache.
Sans câlin, sans sexe, sans je t'aime.
Je voudrais qu'on m'appelle chérie.
Je suis ridicule.
J'ai mangé une pomme et j'ai la sensation d'avoir fait un dîner.
Mon ventre est gonflé.
On m'a donné un diplôme. Le diplôme du jeûneur.

Je crois que je n'ai jamais eu de diplôme dans ma vie. Même pas un premier flocon.

Au dîner, c'était potage de légumes et pommes de terre.

Je ne suis plus dans la salle des bouillons mais dans celle du restaurant.

J'ai mis une jolie robe pour l'occasion et un peu de rouge à lèvres.

Toute seule devant mon bol, je me souviens de ce que je me disais au début.

Moi qui adore la philo, je trinque avec ma cuillère à Hippocrate qui affirmait qu'une crise est un coup de chance. Sans crise, pas de connaissance. Sans connaissance, pas de transformation. Sans vide, pas de plénitude.

La plénitude, mon rêve.

Le but de tout ça n'était pas le renoncement mais l'épanouissement.

J'en avais besoin.

*

Tout me revient.

Au début, le médecin a assuré : « Il lui reste six mois. »

Maryse vivra six ans.

Le diagnostic est vite tombé : « Cancer du poumon et de la plèvre, stade 4. »

J'ai détesté Curie et son oncologue glaciale. Ensuite, il y a eu Cochin.

Les moments légers n'ont pas été nombreux mais ils ont existé.

Tout me revient.

« Tu ne sais pas à quel point c'est dur ce que je vis. »

Cette phrase qu'elle m'a répétée tous les jours, pendant six ans.

Cette phrase qu'elle m'a répétée matin, midi et soir.

Souvent, j'avais une réaction épidermique, je me mettais à me gratter partout. Ou je voulais fracasser mon téléphone contre le mur.

J'ai vécu six ans dans le noir.

Tout était sombre dans moi.

J'ai eu un passage où je ressentais tout comme Maryse.

Quand elle avait des douleurs aux jambes, j'en avais aussi.

Quand elle avait mal à la tête, j'étais prise de migraines.

C'était la fusion. J'en avais parlé à l'oncologue. Nous n'étions plus qu'une.

Est-ce que j'allais moi aussi mourir du cancer ?

J'en ai vu défiler des médecins et des spécialistes. Celui qui a opéré Maryse de la plèvre. J'ai failli lui foutre mon poing dans la figure. J'en rêve encore la nuit. Il nous avait dit, comme ça, dans son bureau, sèchement : « Il n'y a plus rien à faire. C'est inutile de se battre. »

Connard.

C'était mal nous connaître. Parce que si je dois bien une chose à Maryse, c'est d'être volontaire et bagarreuse.

Un jour, en mai, le professeur m'a annoncé au téléphone : « Il n'y aura pas d'octobre. »

Je suis rentrée dans la première boulangerie sur mon chemin : « Un cookie, s'il vous plaît. »

J'y suis retournée. « Un autre cookie, s'il vous plaît. »

La dame m'a regardée et m'a conseillé une boîte. J'en ai pris deux, de boîtes.

Je n'ai cessé, par la suite, d'être en survie. Je comptais les jours, les heures, je supportais tous les caprices de Maryse. Elle voulait une meringue. La semaine d'après c'était une tarte au citron. Elle refusait de se nourrir si je ne lui faisais pas les courses. Elle refusait de se nourrir si je ne lui faisais pas les courses et la cuisine. Elle refusait de se nourrir si je ne lui faisais pas les courses, la cuisine et si je ne restais pas avec elle.

*

Il y a eu septembre, octobre et même novembre.

Face à une telle échéance, on ne perçoit pas les jours qui passent comme du temps en plus.

On est dans un compte à rebours.

J'étais paralysée. Je n'arrivais même plus à partir en vacances avec mes filles.

Évidemment, tout ce que l'on subit n'est rien à côté de ce que la personne malade endure.

On ne l'oublie jamais.

Il y a eu Cochin.

Je vous laisse.

J'ai envie de colorier.

Cochin, c'était le début de la fin.

Jeudi 28 juillet
16 h 53

Je suis prête.
C'est la transition qui est importante.
Un jeûne, tout le monde peut le faire.
Savoir revenir, tenir. Il est là, le challenge.
Encore un.
J'ai l'impression de passer ma vie à sauter des obstacles.

*

Cochin.
Je suis à mon bureau.
Non, j'enregistre une émission pour France 2. Non, je suis à mon bureau et nous avons, avec mon associée, un rendez-vous important avec

des investisseurs. Non, je suis à Roubaix pour signer un contrat.

Vers 15 heures, le téléphone sonne. C'est Maryse.

« Je suis à Cochin. Je souffre, Elsa. »

Pas de bonjour, pas de comment ça va, ma chérie ? Rien.

Je respire. J'ai envie de m'énerver. Je ne le fais pas.

« Pourquoi tu ne m'as pas appelée avant, Maman ?

— Je ne voulais pas te déranger », murmure-t-elle.

Elle m'appelle donc trois fois par jour pour me déverser ses maux et quand c'est important elle ne veut pas me déranger. Elle me saoule.

« J'arrive. »

À ce moment-là, je ne savais pas qu'on était proche de la fin. Même à la fin, je ne savais pas que c'était la fin.

J'ai sauté dans un taxi pour la rejoindre.

Comment oublier l'image.

L'image de ses petits pieds.

Maryse allongée sur un brancard depuis 6 heures du matin.

Maryse avec son sac serré contre son ventre et ses petits pieds tout gonflés dans ses ballerines Repetto.

Elle faisait peine à voir.
Je lui en voulais d'être fragile.
Je la préférais chiante et vaillante.
La pauvre, elle souffrait tellement.
Les médecins ont décidé de la garder en observation.
De mon côté, j'ai appelé à l'aide.
« C'est Elsa. Je suis en dépression. Je n'en peux plus d'être seule avec Maryse. Aidez-moi. »
Elles sont arrivées toutes les deux. J'avais mes deux sœurs pour moi.
On s'est assises sur un banc juste devant l'entrée de l'hôpital.
Je crois beaucoup à l'idée qu'on est tous reliés comme une guirlande de Noël.
La suite me l'a prouvé.

*

Quelques jours avant, j'étais chez un psy.
C'est un monsieur d'un certain âge qui reçoit dans un bureau dont les murs sont ornés de bibliothèques. Il a les mêmes costumes côtelés que mon père et des *Charlie* dans les rayonnages. J'ai tout le temps peur qu'il meure lui aussi.

Je lui ai raconté que l'oncologue de Curie avait encore conseillé un énième traitement à Maryse.

« Vous refusez ! »

Il était très clair. Il fallait renoncer à tout espoir inconsidéré. Les multiples chimios, orales ou pas, affaiblissaient énormément l'organisme de Maman.

C'est à Cochin que, pour la première fois, j'ai eu le droit à être entendue, j'ai eu droit à de l'empathie de la part d'un pôle de femmes infirmières et médecins qui m'ont parlé honnêtement et sans rudesse.

La chimio pourrissait Maryse de l'intérieur.

Malgré cela elle ne voulait pas arrêter son traitement. C'est un geste difficile d'accepter d'aller vers la mort. Et ça, Maryse, elle ne voulait pas en entendre parler.

Une nuit, elle est tombée. Elle est restée par terre pendant des heures.

Maryse l'exquise n'avait pas sa place à Cochin, elle n'aimait rien.

La nourriture, infâme. Nous devions lui rapporter des petits plats.

Les infirmiers, trop communs.

La chambre était jaunâtre.

Elle voulait une vue et un bureau.

J'ai tout de suite compris qu'on avait passé un stade dans lequel je laisserais trop de plumes.

Maryse voulait rentrer chez elle. Et moi, je devais faire dame de compagnie, infirmière, larbin et fille.

J'ai supplié l'infirmière.

« Je vais mourir si vous la laissez rentrer. »

Je n'ai pas honte.

Heureusement mes sœurs ont été très présentes.

Natacha me faisait rire.

Je l'outrais avec mon franc-parler.

« Je veux qu'elle meure ! », je répétais.

Maryse avait un rapport très enfantin avec l'oncologue de Curie. Elle était dans un double discours. Avec elle, elle acquiesçait. Avec moi, elle contestait.

J'ai fait un tour de force.

« Si tu continues ce traitement qui te tue, je ne viens plus. »

Nous avons appelé ensemble le médecin de Curie.

Plus de traitement.

J'ai retourné tout Paris pour trouver une chambre dans un bon établissement de soins palliatifs. On lui a précisé que c'était pour un repos. Et qu'elle rentrerait chez elle, après.

Cela aurait pu être le cas.

Ce ne fut pas le cas.

*

Il s'est mis à pleuvoir.
C'est peut-être Maryse qui pleure les mots du livre.
J'ai mal au ventre.
Je ne veux pas que ce soit la fin.
Ni du livre ni du jeûne.
J'ai encore des questions.

*

« Peut-être, simplement en les vivant, finirez-vous par entrer insensiblement, un jour, dans les réponses. »

Rainer Maria RILKE

*

Après l'attentat. Anne Hidalgo me pleure dans les bras, Hollande me dragouille, mais personne, personne ne nous aidera. Personne ne nous appellera plus.

Je relis le passage de Philippe Lançon, dans son livre, *Le Lambeau*[1] : « J'ai vu le corps de Wolinski, il était adossé à un mur. Son visage était apaisé, un peu triste, les yeux clos, j'ai pensé qu'il ressemblait à un vieil oiseau splendide, une sorte d'aigle infiniment civilisé et que la mélancolie qu'il cachait si bien l'avait rattrapé. Le sourire avait disparu. Les morts ne sourient pas et ils ne font pas rire. »

Pourquoi je pleure ?

Tu ne viens plus me rendre visite ?

Je ne te sens plus. Je ne t'entends plus.

L'autre jour, j'ai cru te voir à la piscine.

Tu nageais.

Tu es mort. J'ai encore oublié.

Parfois, il m'arrive encore de prendre mon téléphone pour t'appeler.

Pourtant, ça me rendait dingue quand tu me disais : « T'es où ? », au lieu de « Allô » ou « Bonjour » comme tout le monde…

---

1. Gallimard, 2018.

Mais tu n'étais pas comme tout le monde.

J'aurais bien aimé te présenter mon moi, Papa.

Ce moi qui est empreint de toi.

Pendant des années, j'ai caché sous mon lit une de tes valises.

Et puis, un jour, j'ai tout donné pour des immigrés. Tes costumes de Schreiber en velours côtelé, tes pulls en cachemire, tes chaussettes, tes chemises, j'ai tout viré.

Sauf l'écharpe.

Elle est accrochée dans l'entrée. Personne ne doit y toucher. Les filles savent et me laissent avec mon grigri funèbre.

Elle est grise. Elle pique. Elle ne sent plus toi.

Tant mieux, c'était trop déchirant.

C'est l'écharpe que tu portais quand tu es mort.

Elle était sur la scène du crime.

J'ai accompagné Maryse chercher tes affaires au commissariat.

Elle était devant. J'étais toujours derrière.

Elle souffrait. Il y avait un côté théâtral à sa douleur.

Moi, je ne savais pas quel était mon rôle. Pas de fille, ça c'est sûr. Pas d'enfant non plus. J'étais un truc près de son ombre.

On est sorties du commissariat. Ils nous avaient rendu son sac, sa pièce d'identité, ses carnets, deux feutres, un mouchoir, le téléphone. Et l'écharpe.

Tu m'as tout fait porter toute la journée.

J'imaginais le sang.

J'avais l'impression d'en être recouverte.

« Maman, regarde-moi. Je suis ta fille. Elsa qui a perdu son Papa. »

Rien. Pas de réaction.

Je me devais de m'occuper de toi.

C'est ce que tu m'as dit un jour au téléphone.

« Tu te dois d'être là pour moi. »

Je me suis juré de ne jamais, non jamais, imposer une chose pareille à mes filles.

*

Vous n'allez pas me croire.

Un soir, alors que j'aidais Maryse à remettre sa robe de chambre, il est revenu.

Wolinski remettait les petits cheveux en bataille de Maman.

Ou bien c'était moi ?

Il était moi.

Nous étions un.
J'ai compris que j'étais le lien.
Entre la vie et la mort.
Je l'ai dit à Maryse.
« Papa est là, tu sais ? »
Elle a levé les yeux au ciel.
« Arrête tes singeries ! »
En partant, j'ai vu Wolinski se coucher dans le lit.
Il voulait la coller.
Je suis partie.
« La tragédie a atteint mon corps. »
C'est ce que tu nous disais.
Le cancer du chagrin s'était lové en toi.
Le cancer de la plèvre et des poumons.
Les larmes que tu n'avais pas pleurées inondaient peu à peu ton corps.

« Ce sera ce week-end. »
Il y a quelques jours, le médecin m'a prévenue.
Tu n'es jamais morte quand on me l'annonçait.
Comme une blague cruelle.
Les derniers jours, je finissais tous les desserts des plateaux-repas.
Maryse se meurt avec vaillance et élégance.

Ce que je trouve le plus difficile dans la mort, c'est la mort.

Heureusement, tu as une cour à tes pieds.

Nous défilons au gré de tes désirs et de tes caprices.

Je traverse Paris tous les jours.

Je t'ai proposé de dormir sur place.

Tu préfères avoir Monique.

Elle est plus malléable.

Monique, c'est notre médecin de famille.

Elle connaît tous tes secrets.

Je suis un peu jalouse.

Je suis restée des heures à ton chevet.

Je me sauvais juste pour rentrer voir mes enfants.

Tu m'arrêtais aussitôt.

« Non, pas déjà. »

Tu ne voulais pas que je te quitte mais en même temps tu n'étais pas très gentille.

J'ai eu mal lorsque tu as répondu à l'infirmière qui te prévenait de mon arrivée.

« Elle ne ressemble qu'à son père. »

Je suis ressortie.

J'ai cherché une boulangerie.

*

Tu es morte.
Tu t'es bien moquée de nous.
Tu es partie seule.
Tu es décédée ce matin à 10 h 15.
Avant que j'arrive.
Tu es belle.
Je t'ai apporté ta robe verte.
Celle que tu voulais.
J'en ai profité pour te glisser ta poupée.

Je t'ai chatouillé les pieds pour être certaine que tu ne faisais pas semblant.

J'ai regardé tes ballerines et je leur ai fait un câlin. Entre orphelines, on doit se soutenir.

Je ne pourrai plus planter mes invitations en te prenant pour excuse.

Je suis libre.

Natacha ne veut pas que je vienne à l'enterrement en santiags.

Je râle.

Je t'avais demandé de ne pas mourir avant les Fêtes.

Je voulais me déguiser en Père Noël.

J'aurais aimé te faire rire une dernière fois.

Comme tu veux être incinérée, j'ai demandé à récupérer tes dents. T'as le prix d'une voiture dans la bouche, je n'allais pas les faire griller avec toi. On aurait pu me les poser. Comme un héritage.

Ça n'a pas du tout plu au monsieur des pompes funèbres.

Ils n'ont pas ri non plus quand je leur ai demandé si on pouvait t'empailler.

On ne rigole pas avec la mort.

Tu m'as quand même joué un dernier tour.

Tu as demandé que je referme le cercueil.

Mes sœurs m'ont dit que je n'étais pas obligée.

J'ai voulu y aller pour vérifier que tu ne t'étais pas envolée.

*

Rien n'est figé, tout se traverse.

J'ai la responsabilité du survivant.

Vendredi 29 juillet
19 h 46

Je suis vulnérable.

Je compte en prendre soin.

De cette vulnérabilité.

Je compte l'encenser.

Je regarde un voile au loin sur le lac.

Je me suis déjà brossé les dents.

J'ai réussi ces vingt et un jours mais j'aurais pu me planter.

Renoncer à l'obstacle.

Il n'y a pas d'injonction de ma part face à la réussite.

C'est juste un va-et-vient.

Ne pas se relever peut être aussi un acte poétique.

Il y a du charmant et de la mélancolie dans le fiasco.

La vulnérabilité est une force.

Un pouvoir magique.

Elle désigne la capacité à être touchée par l'extérieur.

Nos blessures nous rendent sensibles. Généreux.

Osons être vulnérables.

Honorons la fragilité et tout ce qui nous traverse.

La vulnérabilité est une blessure, c'est vrai.

Elle est née d'une plaie mal soignée.

Il faut alors du renfort.

Et le courage de s'assumer.

« Ça ne va pas. »

C'est si beau.

On s'en fout de la réussite.

Des esprits imposants, de la voisine qui fait mieux.

La force, elle est en nous.

C'est notre force, la fragilité.

Il faut la laisser s'exprimer pour la dépasser.

Il faut prendre soin de l'autre.

Et de soi.

Anticiper ses besoins.

Voilà où j'en suis.

C'est exactement ce que je vais faire demain.

M'organiser et identifier mes besoins.

De quoi ai-je besoin ?

Ce n'est pas un caprice.

À demain

C'est être juste avec soi.
Je ne parle pas de richesse ni de grandeur.
De quoi ai-je besoin pour tenir debout ?
De sommeil.
D'amour.
De rigueur.
De folie.

*

Me voilà mise à nu.
Ce soir, je suis un peu entre-deux.
Je voudrais vous prendre dans mes bras.
Sentir nos cœurs battre.
Il n'y a rien de mieux que le toucher.
Dans ce jeûne, il y a eu renoncement.
Pas à moi. Mais aux autres. À certains.

*

J'ai du mal ce soir.
C'est le dernier soir.
Demain, je pars à 6 heures du matin.

À demain

Je ne sais plus où aller.
J'ai tout sorti.

Dimanche 7 août
08 h 18

Je suis de retour.
Hier, j'ai pleuré.
Mes filles diraient que ce n'est pas un scoop.
Je pleure souvent.
C'est un boulot à plein temps.
Hier, j'ai pleuré.
Ma vie a éclaté à plusieurs reprises.
Il y a eu un avant la drogue et un après.
Un avant mon premier mari et un après.
Un avant mes enfants et un après.
Un avant l'attentat et un après.
Un avant le cancer de Maryse et un après.

Jeudi 11 août
10 h 51

Hier, j'ai eu une crise.

La première depuis le jeûne.

J'ai eu envie de tout foutre en l'air.

J'en ai assez de me raisonner.

D'attendre la faim. La vraie.

J'ai voulu voir ce que ça faisait si j'arrêtais de me surveiller.

La cata.

Je me suis remise à manger toutes les deux minutes.

Un pain au chocolat.

Un sacristain.

Une pizza.

Pas d'eau.

Surtout pas d'eau.

Plusieurs verres de pastis.

Du pain et du fromage.

Encore du pain.

À demain

C'est bon le pain.
Le blanc.
De l'amidon.
Du sucre.
Le diable.
J'ai faim.
Encore.
Une sensation constante de faim.
Je reprends tout en bloc.
Les mauvaises habitudes reviennent au galop.
Rien n'est jamais acquis.

Vendredi 12 août
09 h 11

Comment en suis-je arrivée là ?

La réponse, je crois, se trouve dans ce livre.

Maryse, Georges, moi, mes doutes, les hommes, le sucre.

La solution est dans l'histoire.

Je voudrais une thérapie jusqu'à la fin de mes jours.

Avec Christophe André.

Avec Boris Cyrulnik aussi.

Je pourrais faire un hot-dog entre les deux et je serais la saucisse qu'on écoute.

Je me réveille.

Je pense à l'absurdité de la vie.

J'ai perdu mon père dans un attentat.

Absurde.

Un papa tué par quatre balles.

Absurde.

Un dessinateur achevé pour ses idées avec une arme.

Absurde.

Un accessoire imaginé pour supprimer les hommes.

Absurde.

Maryse et sa maladie qui épuise.

Absurde.

Maryse s'est éteinte comme si j'avais appuyé sur un bouton.

Lumière, plus de lumière.

Maryse, plus de Maryse.

Je n'ai pas le goût de la famille.

De ma famille.

C'est mon sang, mon histoire, mais je m'en fiche.

Je préfère celle que je me suis constituée, je préfère mes amies.

Il y a un bourdon qui vient de rentrer dans la chambre.

Il s'agite autour de moi.

J'écris un livre sur mes faiblesses, sur mon incapacité à tenir debout sans béquille.

Je remplis des feuilles de mots narcissiques pour donner vie à un texte qui pourrait aider celles et ceux qui ne croient pas en eux.

N'est-ce pas un peu prétentieux ?

Ou absurde ?

*

Je ne bois plus les trois litres d'eau par jour comme à la clinique.

Je n'écoute plus de musique indienne.

Je ne fais plus de yoga au réveil ni de respiration.

Je suis en apnée.

Ça revient vite d'étouffer.

Épilogue

J'ai toujours cru que je n'y arriverais pas.

Que je ne tiendrais pas debout.

Est-ce que manger trop, manger mal, parler fort, respirer fort, rire fort, pleurer souvent, pleurer tout le temps, cela fait de moi quelqu'un de moins bien ?

Et s'il suffisait d'accepter tout ça ?

Accepter le trop.

Accepter l'hyperphagie.

Accepter mes faiblesses.

Accepter mes morts.

C'est peut-être ça, le reste de ma vie.

Cet ouvrage a été mis en pages par

<pixellence>

CET OUVRAGE
A ÉTÉ ACHEVÉ D'IMPRIMER
SUR ROTO-PAGE
PAR L'IMPRIMERIE FLOCH
À MAYENNE EN MARS 2023

N° d'édition : 612499-1 – N° d'impression : 102291
Dépôt légal : mars 2023
Imprimé en France